구름옷

구름옷

이종화 수필집

도서
출판 북인

나를 찾는 여정

십 년 만이다. 첫 번째 책이 나온 그때로부터. 채 마르지 않은 청춘의 샘을 바닥까지 긁어, 이제 두 번째 수필집을 낸다. 거칠디거친 세상은 변한 듯 변하지 않았고, 억센 삶은 굽이쳐 흐르며 초심初心을 침식시켰다. 흔들릴 때마다 또박또박 적어 내려간 영혼의 조각들을 모았다.

잘 사는 법은 단순했다. 하나가 정립되려면, 반대편에 선 다른 하나를 억압해야만 했다. 시대의 전형典型은 늘 그렇게 만들어졌다. 산업화시대, 성장을 위해 '나'를 포기했던 우리는, 극심해지는 세대 갈등과 뿌리 깊은 진영 대결 속에서 여전히 '나'를 잃은 채 방황하고 있다.

이 책은 '나다움'을 잃지 않기 위한 내 노력의 흔적이다. 직장에서의 나는 매일같이 나를 버리고, 매일같이 나를 찾는다. 변해가는 나를 느끼기도 하고, 변하지 않는 나를 발견하기도 한다. 변하든 변하지 않든, 첫 마음을 지키며 나의 나를 찾는 여정. 내가 글을 쓰는 이유이다.

「마지막 잎새」를 쓴 오 헨리O. Henry는 나와 같은 은행원이었다. 그의 직장 생활은 실패로 끝났지만 그는 보석 같은 단편소설을 남겼다. 그때까지 사람들은 장편소설에 주목했을 뿐 단편의 가치를 깨닫지 못했다. 그는 맨해튼 거리의 버려진 잎새들을 모아 경쾌하고 울림이 큰 단편으로 바꾸어놓았다. 그의 소설에 등장했던 병든 소녀와 가난한 부부, 그리고 노동자들은 오 헨리 자신이자, 우리의 자화상이기도 하다.

타인을 억압하지 않더라도 자신을 세울 수 있는 경지, 문인이란 그곳에 도달하기 위해 평생 스스로를 연단하는 예인藝人일 것이다.

2022년 가을

이 종 화

| 차례

제1장

운현궁 호떡

운현궁 호떡

노인은 말이 없었다.

그는 팔기 위해서가 아니라 만들기 위해 나온 사람 같았다.

계동과 재동, 그 사이로 난 반듯한 길에 대원군이 살았던 운현궁이 있다. 떡가루 같은 서설瑞雪이 세월처럼 소복이 쌓이는 겨울이면, 담 밖 하얀 수레엔 당장 자리에 누워도 별로 이상할 게 없는 상노인이 생의 여로 끄트머리에 좌판을 펼치고 전설처럼 새하얀 호떡을 굽고 있었다.

이 호떡은 다른 데선 쉬 먹기 힘든 기름기 없는 밀떡이다.

기름을 두르지 않은 팬 위에 반죽을 떼어 부친 뒤 꼬챙이마다 설익은 호떡을 하나씩 꿰어 화덕불 속에 집어넣어 굽는 이른바 직화直火 호떡이다. 만드는 데 시간이 오래 걸리고 여느 호떡보다 크기도 작지만, 쫄깃하고 담백하기로 이만한 것이 없다. 두었다 파는 법 없이, 딱 주문받은 만큼만 굽는 '한정판' 호떡이라 더 맛났다.

겨울마다 나와 노인은 그곳에서 재회했다. 서로 말을 주고받은 적은 없지만 노인은 나를 알아보는 것 같았다. 반가운 표정이 눈빛으로 오가고, 늘 그랬듯 주문한 만큼 호떡을 굽기 시작하는 노인. 밀대로 반죽을 펴고 고명 한 술을 넣은 뒤, 한번은 불 위에서 한번은 불 속에 넣어 솜씨 좋게 호떡 한 장을 굽는다. 불 속에 들어가는 희멀쑥한 호떡을 볼 때마다 덜 여문 젊음을 보는 것 같았다.

호떡이 익었다. 화덕 밖으로 조심스럽게 꼬챙이를 빼내는 노인의 얼굴에 미소가 배었다. 갓 나온 호떡은 바람에 잘 쏘인 뒤에야 건네받을 수 있었다. 찰지기만 하던 반죽이 말랑하면서 바삭거리는 먹음직스런 전병이 되었다. 젊음도 잘 익으면 이리되겠구나. 그렇게 정성스레 만든 호떡이 내 손에 쥐어질 때면 사람들 사이에서 치러야 했던 전쟁 같은 소요마저 잦아들었다.

호떡이 안녕하면 노인도 안녕하신 거다. 겨울이 오면 운현궁으로 나가 노인을 기다렸다. 올해 먹는 이 호떡이 어쩌면 마지막일지 모른다는 생각이 들 때는, 한 입에 울컥했다.

얼음장 같은 공기가 서울을 덮은 어느 겨울, 노인이 보이지 않았다. 시내에 일이 있을 때마다 운현궁으로 갔지만 노인의 호떡차는 오지 않았다. 담에는 근무 중인 경찰만 오들거리며 발을 동동 굴렀다.

그렇게 겨울이 다 가고, 계절은 봄의 문턱을 살며시 넘고 있었다. 날씨도 제법 풀린 2월의 어느 날, 길을 걷다 갑자기 작은 탄성을 질렀다. 궁담 옆에는 그 노인이 아무렇지도 않게 자리를 지키고 있었다. 겨우내 얼어붙은 하늘이 살며시 녹아 해와 함께 뉘엿뉘엿 땅으로 꺼져가는 아름다운 오후였다.

멀리 낙원상가의 컴컴한 아랫도리를 무심히 바라보던 노인도 나를 보자 전에 없이 반가운 표정을 지었다.

"…?"

"석 장이요."

구이판에 두 장의 호떡이 있었지만 노인은 새로 굽기 시작했다. 나는 불 앞에서 몸을 녹였다.

이윽고 하얀 호떡이 나왔다. 노인은 남은 호떡 두 장도 거저 싸주었다.

"가져가."

"…?"

"나도 그만 가야지."

"…?"

"가."

노인의 목소리가 갈라졌다.

고맙다는 인사를 건넸지만 차마 걸음이 떨어지지 않았다.

잠시 뒤 내 뒤로 가게를 내리는 소리가 났다. 뒤돌아보지 못했다. 계동을 넘어 한 시간을 걸었다. 못 먹은 호떡은 모두 식어버렸다. 밤하늘에 희멀끔 둥근 달이 걸렸다.

이태 전 한국을 떠나왔다. 지금은 가볼 수 없지만 겨울이면 문득 그 노인이 떠오른다. 나보다 나를 더 기다리고 있는 건 아닐까. 돌아가면 운현궁에 꼭 가봐야겠다.

베니

베니는 우리 집에 살았던 강아지다. 어린 시절 일곱하고 도 반 년을 함께 지냈다. 제 어미가 낳은 새끼들 중 가장 인물이 못나서 우리 집 차지가 된, 우리 만남은 분명 운명이었다. 엄마 떨어져 집에 온 첫날, 세상을 버릴 듯 구슬피 울던 강아지는 어머니가 준 우유 한 잔을 허겁지겁 핥아먹더니 곤히 잠이 들었다. 다음 날 아침, 나는 녀석에게 '베니'라는 이름을 붙여주었다. 벤이라고 하려다 소녀여서 베니라고 불렀다.

짝짝이 진 눈에는 자고나면 늘 눈곱이 말라붙었다. 눈은 호기심으로 가득 찼다. 엄마를 잊고 마당 이곳저곳을 헤집고 다니며 날로 건강히 자랐다.

일러준 적도 없는데, 베니는 사람들이 다니는 길에 볼 일을 보는 법이 없었다. 꽃밭 흙더미에 올라타서 거기 심어둔 키 작은 꽃이며 싹이 파릇한 상추와 놀면서 일을 마쳤다. 마당의 빗자루는 한번도 개똥 치우는 데 쓰이지 않았다. 못된 친구들이 골목에서 나를 괴롭히고 있으면 어느새 멀리서 달려와 아이들을 쫓아버렸다. 우리 가족이 여행을 떠나면 며칠이고 물만 마시며 현관 앞만 지켰다는 미담이 줄을 이었다. 아래층 아주머니가 음식을 주며 아무리 달래보아도 으르렁댈 뿐 한 발짝도 움직이지 않았다는 거다. 한번은 외가에 맡기고 여행을 다녀왔는데 그때의 일을 못 잊고 외할아버지만 오시면 춤을 췄다. 뒷발로 서서 만세를 부르며 게처럼 걸었다. 오냐, 오냐. 겨우 베니를 진정시키고 안으로 들어서면 베니는 할아버지 지팡이에 코를 들이대고 마냥 행복해했다.

　보통 개는 아니었지만 뚜렷한 혈통은 없었다. 반려견이라 불리는 요새 도심의 개들처럼 호사를 누릴 처지도 아니었다. 발바리라고 하지만 그 축에나 낄 수 있을지. 남은 밥을 먹고 솜털 푹신한 담요 한 장이면 거뜬히 겨울을 났다. 가끔 주는 불고기 국물에 식은밥 한 덩이면 귀를 내리고 행복해했고, 설이면 떡국 국물을 홀짝홀짝 마시며 나이를 먹었다. 할아버지가 사온 호두과자 한두 알을 입에 물려주면 요기조기 굴리며 놀았다. 귀히 태어나진 않았지만, 녀석은 따뜻했다. 함박눈이 추억처럼 내리면 함께 마당을 뛰어다니며 눈사람을 만들었다. 등굣길에 집을 나서면 대문 앞까지 나를 배웅하던 베니는 재빨리 이층 난간으로 올라가 나를 향해 짖어댔다.

베니는 우리 집에 살며 세 번 새끼를 낳았다. 한번에 네댓 마리씩. 천으로 개집을 가려주면 집에 들어가 밤새 벽을 긁었다. 아침이면 평화가 찾아왔다. 새 생명들이 거룩하게 안겨 있었다. 눈을 감은 채 젖을 먹었다. 작은 혀가 움직일 때마다 가슴이 뛰었다. 어머니가 끓여준 미역국을 먹으며 베니는 나를 바라보았다. 개집 앞에 가만 쪼그려 앉아 있었지만 싫은 내색도 하지 않았다. 역시 우리 베니는 다르다며 엄마에게 자랑도 했다.

곧 어미 곁을 떠날 새끼들이었지만, 나는 모두에게 이름을 지어주었다. 내가 늦잠을 자면 어머니는 베니의 아기들을 내 방으로 들여보냈다. 걸음마를 막 뗀 강아지들이 짧은 꼬리를 흔들며 얼굴을 핥는 걸 잠결에 느낄 때는 밥을 먹지 않아도 배가 불렀다. 새끼들이 거실에 실수를 하면 현관 밖에서 집안을 구경하던 베니가 잠시 올라와 그걸 먹고 내려갔다. 나의 소년기는 강아지를 빼고 생각할 수 없지만, 베니만큼 추억 많은 개는 없었다.

새끼들이 모두 새 주인을 찾아떠나면 베니는 제 집 안에 틀어박혔다. 이가 나고도 어미젖을 계속 찾는 새끼들을 무는 시늉을 하며 야단치던 베니는 허전한 듯, 몸을 둥글게 말아 어린 것들이 찾던 제 가슴팍에 주둥이를 묻었다.

베니는 아버지를 잘 따랐다. 밤이면 혼자 마당에서 담배를 피우던 아버지 옆에 얌전히 앉아, 함께 별을 보았다. 아버지가 거기 망연히 서서 무얼 생각했을지 문득 알게 되는 나이가 되었지만, 그 모습이 어제처럼 생생히 오늘을 밝힌다.

그 후 아파트로 이사가게 되면서 베니는 우리 집을 떠나게 되었다. 새 주인을 찾던 우리에게 일층에 살던 아저씨가 선뜻 나섰다. 농장으로 보낸다는 거였다. 나는 베니와 아파트로 갈 생각이었지만 어른들의 생각은 달랐다.

어느 날 수업을 마치고 돌아와 보니 베니가 떠나고 없었다. 어머니는 울먹였다. 베니를 꼭 안고 차에 태웠는데 아무 소리 없이 바르르 떨며 떠났다 했다. 우린 헤어졌다. 나는 방에 틀어박혀 몸을 둥글게 말고 가슴팍에 고개를 파묻었다. 농장은 먼 곳에 있었다. 모두 후회했지만 돌이킬 수 없었다. 그로부터 몇 해 뒤 아버지도 떠났다. 농장보다 더 먼곳으로. 아버지가 돌아가시고 나서 남은 가족들은 그 마을을 완전히 떠났다. 골목마다 어린 추억의 무게를 이길 수 없었다. 우린 새 마을에 둥지를 틀고 새로 시작했다.

한참이 흘렀다. 옛 마을을 찾았지만 거기에는 다른 마을이 있었다. 좁더라도 마당 한 뼘씩은 있던 단독 주택들이 사라지고 다세대 주택들이 솟아 있었다. 우리 집을 허문 자리에 빌라 하나가 무덤처럼 서 있었다. 마당도 난간도 사라졌다. 빼곡히 벽돌을 올린 낯선 집 앞에서 힘겨울 줄 알았던 발걸음은 의외로 쉽게 떼어졌다.

베니가 그렇게 떠나고 다시 개를 기르지 못했다. 못난 외모 탓에 어느 집의 선택도 받지 못했던 그 개가 정작 어느 동화 속의 명견보다 훌륭했다고 느낄 때, 행운이 삶을 찾는 방식을 조금이나마 짐작하게 된다. 보이는 것과 보이지 않는 것 사이에서 길을 잃고 순수의 가치가 무력해 보이는 일상에서 나 또한 변해가는 듯하면, 베니의 순하디순한 눈망울이 자꾸 떠오른다.

베니가 갔다는 농장처럼 이젠 닿을 수 없이 멀리멀리 흘러가 버린 소년시절은 잃어버린 동화가 되어 오늘도 가슴을 적신다.

구름옷

　봄의 문턱인가 느껴질 만큼 따스하다가도 소슬한 날이 있다. 계절이 바뀔 때마다 자연이 입는 옷은 파스텔톤. 세월의 흔적이 내려앉은 인생의 옷을 비틀어 짜면 아마도 이런 물감이 주르르 쏟아질 게다.

　뭐 하나 확실하지 않은 게 인생. 하나를 얻으면 다른 하나를 잃고, 다 가진 듯 보여도 아픈 기억 하나쯤 자신의 멍에로 오롯이 지고 가는 게 사는 건지도 몰랐다. 살면서 먼저 오는 것도 늦게 오는 것도 있었지만, 깨달음만큼은 항상 뒤늦게 문을 두드리곤 했다. 영영 다다를 수 없는 무지개. 그걸 바라보는 것만으로도 가슴 부풀던 시간을 청춘이라 부른다는 걸 알게 된 것도 봄날의 끝자락이었다.

　앎을 위해 배우지만, 앎에 진심을 더해야 비로소 삶이 되는 거였다. 가슴 없는 말, 사심 깃든 행동은 삶이란 종鐘을 울리지 못했다. 인간은 사회 속에서 숱한 벽을 치고 산다. 하루가 시작되면 나는 벽과 벽이 만든 미로로 들어가 남이 친 벽을 피해 벽을 치고, 그 벽 사이에서 나의 영역을 만들기 위해 하루를 보낸다. 여전히 삶이 되지 못한 나의 앎은 타인의 벽이 만든 방에 갇히지 않기 위해 무던히도 애쓰건만, 그 미로를 나올 땐 늘 헛헛했다.

뜬구름 같은 인생. 우리는 각자의 구름을 베어내어 옷을 지어 입는다. 목구멍에 넣기 위해 밥을 구하러 흘러 다니다 배가 부르면 은하수 너머 별도 본다. 여기저기 뒹굴다 사회에 물들고, 눈비를 맞아가며 비련에 온몸을 적시기도 한다. 하늘에 뜬 해를 보며 희망이란 무늬를 넣고, 멀어져가는 인연을 그리며 고독의 노을에 옷을 담그기도 한다. 누구나 닿고 싶어하는 꿈의 언덕을 향해 아침나절 먼 길을 떠난 소년이 땅거미가 내릴 무렵, 백발의 노구를 이끌고 고향으로 돌아와 구름 같은 옷을 개키고 단정하게 죽으면 가히 천행天幸이라 할 만했다.

죽어버린 지도자들의 빛바랜 옷가지를 수거해 시대라는 대야에 담가 거기서 침출된 빛깔을 탐구하던 역사가들은 이름난 이들의 옷 빛깔은 대개 '열정'이었다고 말한다. 열정의

옷이 날개를 달면 전쟁과 평화가 번갈아 찾아왔다. 떨어진 사과에서 자연의 이치를 깨치고, 아스라이 먼 우주를 상상하며 새로운 차원을 증명하기도 했다. 산업이라 총칭하는 거대한 수레바퀴가 끊임없이 새로운 길로 나아갈 수 있었던 것도 그런 뜨거움이 있었기에 가능했을지 모른다.

그래서일까. 우리는 인생을 뜨겁게 달구려고만 한다. 모두 주연이 될 수 없는 사회라는 무대에서 다들 주인공이 되려고만 한다. 욕망을 열정이란 허명으로 물들인 채 최선을 다하고 있다는 착각에 빠지기도 한다. 가진 자들은 권위로 벽을 높이고, 없는 자들은 가진 자들의 허욕을 부추겨 자신의 벽을 세운다. 그렇게 우린 지식이 아닌 요령, 삶이 아닌 처세를 배워가며 어느 시대 어느 곳에서나 있었을 혼탁한 색깔로 구름 같던 흰 옷을 검게 물들이고 만다.

앎을 삶으로 만드는 사람, 마음으로부터 진정 배우고 싶은 사람이 있다. 그는 열정이 아닌 냉정함으로 자신의 옷을 물들인다. 얼음장 같은 그의 언행에는 군더더기라곤 없었다. 입에 발린 말도, 자신을 드러내는 말도 하지 않았다. 냉정했기에 그는 무척 고독했다. 주변의 냉대 속에서도 자신의 길을 묵묵히 걸었다. 원칙을 소중히 여긴 그를 답답하게 여기는 사람들도 많았지만, 그는 그 고독의 계절을 수양의 시간으로 삼고 있다. 길이 아니면 가지 않고, 있는 그대로 받아들이는 겸손한 마음. 함양涵養과 체찰體察을 거듭하는 그의 눈빛이 통찰로 빛나게 되면 사람들은 그제야 그에게 모여들 것이다. 이치를 알면 관습의 틀도 깰 수 있는 법. 법식을 잘 지키는 그였지만, 훗날 그는 그 법식의 틀을 부수며 자신의 길을 완성하게 될 것이다.

숱한 전쟁은 우리가 따뜻하지 않아 일어나기도 하지만 우리가 냉정하지 않았기 때문에 일어난 것이기도 하다. 숱한 평화는 우리의 따뜻한 마음 덕에 찾아온 것이기도 하지만 우리가 냉철함을 되찾았기에 지켜낸 것이기도 하다. 눈부시게 화려한 겉옷이 삶의 목표가 된 시대. 감추기보다는 드러내기 위해 옷을 입는 사회. 어긋난 열정으로 구름 같은 옷을 물들인 채 우린 꿈을 정복하고 싶어하는 건 아닐까. 훗날 백발이 다 된 우리는 흠뻑 젖어버린 옷을 개키며 각자의 삶을 돌아보게 될 것이다. 우리가 걸치던 옷과, 옷을 물들였던 우리를 하나씩 벗겨내면서.

내 옷은 과연 어떤 색으로 물들어 있을까. 후대는 우리가 입던 옷을 두고 오늘을 이야기할 게다. 어떤 옷이 구름옷이었는지. 구름 같은 옷, 구름 같던 옷 그리고 구름이 된 구름옷.

겨울꽃

아버지는 철강회사 사장을 꿈꾸는 겨울꽃이었다. 지금의 내 나이가 되어서야 아버진 반듯한 일자리를 구했다. 집에 돈이 돌았던 것도 그 무렵이었다. 아버지가 대학을 마치던 때 우리 경제는 산업화의 궤도에 오르기 시작했다. 효과는 뚜렷했다. 회사들이 생겨났고 창업으로 성공을 꿈꾸는 젊은 이들도 많아졌다. 자동차와 철강에도 관심이 쏠렸다.

성공보다 실패가 많았던 시절. 아버지가 들어간 회사들도 자주 문을 닫았다. 취업과 실직을 반복했다. 함께 창업하자던 사촌에게 속아 돈을 잃고, 그때의 실수를 평생 아파하며 살았다. 내 나이의 아버지에겐 어린 내가 있었지만, 미혼인 나는 여전히 혼자 지낸다. 그때 아버지에게 꼭 필요했던 밥그릇이 지금 내 손에 있지만, 나에겐 아버지 곁에 있던 내가 없다. 우리는 저마다 겨울을 사는가. 사람마다 희구하는 꽃이 다른 건 못다 이룬 게 달라서일 게다.

어서 먹어. 형이 큼직한 햄버거를 사왔다. 집 생각이 났다. 병석에서 하루하루 내리막을 걷는 아버지, 그 곁에서 곡기를 놓은 어머니를 두고 우린 그날 시내로 나왔다. 극심한 통증이 아버지를 겨우 놓아주자 아버지의 거덜난 육신은 곤히 잠들었다. 그 곁을 눈물로 지키던 어머닌 나지막이 말했다. 영화라도 보고 오너라. 말없이 걸었다. 봄이지만 날씨는 싸늘했다. 영화가 끝나고 형은 햄버거를 먹어보자 했다. 새로 나온 햄버거를 시키고 우린 마주앉았다. 말없이 입만 오물거렸다. 형은 연거푸 사이다를 들이켰다. 쟁반에 놓인 광고까지 열심히 읽었지만 기분은 좀체 나아지지 않았다. 활기 넘치는 거리. 창밖의 종로는 아주 딴판이었다. 봄은 저만치 멀리 있었다.

반 년이 지났다. 11월, 아버진 돌아가셨다. 겨울이 찾아왔다. 언 땅에 아버지의 껍질을 묻고 비석을 세워 흔적을 남겼다. 어머니와 우리는 겨울나라로 들어섰다. 추억이 배인 동네를 떠났다. 집을 줄여 돈을 마련했다. 볕이 들 만한 곳에 새로 터를 잡고, 굳은 땅에 씨를 뿌렸다. 아버지 없는 집에 간섭도 많아졌다. 허름한 집엔 달랑 셋만 남았다.

형이 말했다. 사치스레 살지 말고 우선 오늘에 충실하자고. 샅 밑을 긴 중국의 한신처럼 젊은 날 굴욕의 세월도 견디라고 했다. 인생의 맛은 새옹지마塞翁之馬. 형이 사준 책 이름도 『장부의 굴욕』이었다. 운명이 멋대로 짠 삶이란 천 조각. 자의와 타의가 거칠게 잡아당긴 세월의 주름 사이, 기다림은 얼룩이 되어 내려앉았다. 그렇게 스무 해가 흘렀다.

외톨이로 지냈다. 잘 보이려 애썼지만 그것도 능력이었다. 너는 부족하다는 말에 쪼그라든 심장을 펴느라 지새운 날이 별처럼 밤하늘을 수놓았다. 그래도 꿈을 꾸었다. 고독한 밤이라야 별이 더 잘 보였다. 내가 좋아하는 오리온자리도 겨울밤에만 보였다. 꿈이 커질수록 외풍도 셌다. 겨울이 계속되었고 찬바람에 잘 자랄 수 있는 나무들은, 그래도 꽃을 피웠다.

삭풍朔風이 키운 나무 군락 옆으로는 붉은 대지가 길게 펼쳐졌다. 여태 여린 잎조차 내지 못하는 저 땅을 초조하게 서성인다. 땅속에서 잠만 자는 무심한 씨앗들. 세상은 겨울꽃 따위엔 관심 없었다. 벌거벗은 땅을 가리켜, 저게 나라고 말했다. 제 나이에 맞는 걸 해야지, 결혼이나 할 일이지. 벌거숭이처럼 부끄러웠다.

봄은 희망. 봄은 좌절이기도 했다. 서울의 봄, 광주의 봄이 그랬고, 프라하의 봄 하늘도 잿빛이었다. 3·1운동은 무참하게 꺾인 꽃. 아이들이 탄 배가 가라앉은 4월의 바다는 엘리엇이 노래한 '잔인한 황무지'였다.

젊은 날의 실패를 거울삼아 아버지는 열심히 일했다. 우리가 자라면서 아버지는 아주 현실적으로 변했다. 황무지를 일구고 뒤늦게 새로 씨를 뿌렸다. 세상도 좀 변하고 있었다. 중국이 막 기지개를 켜자 한국에 있던 공장들은 중국으로 이전하기 시작했다. 금융은 미국, 생산은 중국. 새로운 경제 질서가 자리잡아갔다. 아버지는 다국적 기업에 다니며 한국에 있던 생산기지를 중국으로 옮기는 일을 맡았다. 환율도 유리했다. 달러로 월급을 받던 아버지의 벌이가 나아지자, 살림의 주름도 눈에 띄게 펴졌다. 봄이 왔지만 아버지의 병은 그때 찾아왔다. 꿈이 이루어지자 기다렸다는 듯 죽음이 찾아왔다. 돌아가시기 전 아버지는 병자성사를 보며 이렇게 고백했다. "너무 욕심을 부리고 살았습니다."

인간은 저마다 겨울꽃이다. 각자 꿈을 꾸고 일생 동안 봄을 위해 산다. 봄을 기다리며 평생을 보내지만, 봄은 영영 오지 않을 수도 있고 봄이 와도 그게 봄인 줄 모르고 살다 죽기도 한다. 봄 같은 겨울, 겨울 같은 봄. 기다려도 아니 오는 봄이 야속할 때 운명을 탓하기도 하지만, 반가운 봄인들 어찌

초록빛이기만 하겠는가. 잿빛 봄을 맞이한 이들이 역사 속에 허다한 걸 보면, 봄이 오지 않는다고 크게 낙심할 일도 아닌 것 같다.

산다는 건 빈 곳을 무엇으로 채울지에 대한 문제였다. 고독해야 집중할 수 있고 잔이 비어야 새 잔도 받을 수 있었다. 가득 채워진 사람은 낮아질 수 없고 겸손을 채우지 못한 잔에 따른 성취란 술은 깊은 맛을 내지 못했다. 성취와 인품을 함께 취하긴 어려운 일. 겨울은 그 내공을 쌓는 시간이었다.

인생은 웃자란 나무와 생장이 더딘 나무가 모여 이룬 숲. 저 나무에 꽃이 핀 것도 따지고 보면, 황폐해진 저 대지 덕분 아닐까. 된바람이 물러가고 남풍이 불어오면, 움트는 새싹이 반갑기도 할 테지만 이번엔 생기를 잃어갈 겨울꽃을 보며 씁쓸해할지도 모를 일이다. 삶은 앞서거니 뒤서거니. 결국 제자리로 돌아오면, 사람도 나무도 그냥 흙으로 돌아가는 거였다.

계절이 늙어가도 '계절'이 무르익지 않는 건 시간을 붙잡고라도 꼭 머물러야 할 간절한 이유가 있어서일 테고, 계절이 흘러가도 '계절'이 제자리에 머물러 있는 건 시간이 흘러도 꼭 남아야 할 애틋한 사연이 있어서일 게다. '계절'은 계절다워지고 싶기도 하지만, 계절과 사뭇 다른 '계절'이 되기 위해 '계절'은 사철 한결같은 한 철을 살기도 한다. '계절'은 자신의 시간 속에 씨를 뿌리고, 계절이 돌고 돌아 원래 있던 자리로 돌아올 즈음, '계절'은 계절과 다른 '계절'이 된다.

극복할 순 있어도 앞설 수는 없는 게 운명이었다. 해마다 돌아오는 아버지의 기일, 늘 그대로인 아버지의 빛바랜 영정사진 앞에 설 때면 조금씩 나이를 먹어가는 나를 느낀다. 하지만 꿈이 없는 삶은 헐거운 것. 앞으로 몇 번의 봄이 더 지나야 그 봄을 맞이하게 될는지 알 수 없지만 봄이란 말에 오늘도 가슴이 뛰는 건 아직도 봄을 기다리는, 나는 겨울꽃이기 때문이다.

귀환歸還

　아버지는 마른 숨을 가쁘게 몰아쉬었다. 모든 게 아득해지고 있었다. 진이 몽땅 빠진 체액이 비릿한 포말로 피어올랐다. 모든 장기가 그 수명을 다했지만 아버지의 젊은 심장은 좀체 멈출 줄 몰랐다. 내 나라가 무너지고 있었다.

　간성혼수. 담당 의사는 준비하시라는 말을 짧게 남겼다. 아버지는 분명 그 말을 듣고 있었다. 아빠, 집에 가자. 울며 무턱대고 아버지의 헐거운 바지를 집었다. 그러자 아버지는 오른 무릎을 접어올렸다. 무기력한 울음이 망자로 변해가는 아버지의 빈자리를 힘겹게 채워갔다. 그날 밤 아버진 집으로 가지 못했다. 먼동이 텄고. 끝내 감지 못한 아버지의 두 눈에 나는 유년을 묻었다. 꺾인 꿈 한 송이를 영정에 올렸다.

열아홉. 삶은 거칠게 다가왔다. 당장 사흘 앞으로 다가온 수능시험을 도저히 치를 수 없을 것만 같았다. 책을 펼치면 멀리서 손을 흔드는 아버지가 나타났다. 형이 내 멱살을 꽉 잡았다. 내 곁에 사흘 밤낮을 붙어 앉아 스톱워치를 눌러댔다. 로봇처럼 문제를 풀면 기계처럼 채점했다. 나도 형도 말이 없었다. 고난 속에서 겨우 대학에 들어갔다.

금융위기로 거리에는 실직자가 넘쳐났다. 어머니는 살림을 줄여 여윳돈을 마련했다. 때마침 예금금리가 높았다. 푼돈을 벌기 위해 일감도 찾아보았다. 우리는 용돈을 벌며 장학금을 받았다. 고마운 분들의 손길도 있었다. 그렇게 몇 년이 흘러 형이 첫 월급을 받았다. 얼마 되지 않았지만 꾸준히 들어올 돈이었다. 밑이 보이던 쌀독에 가느다란 빛이 내렸다.

취업이 잘 되는 과科에는 복수전공을 신청한 학생들이 몰려들었다. 경영대 강의실은 늘 콩나물시루였다. 수십 명 정원인 회계학 수업의 실제 수강생은 수백이었다. 책상을 끌어와 복도에서 수업을 들었다. 사회 이슈로 고민하는 젊음 따위 없었다. 대학의 낭만도 자취를 감췄다. 촘촘한 공부보다 다양한 기능을 숙달하는 게 먼저였다. 명문대 입학을 종점으로 삼던 우리 교육이 학벌을 넘어 취업으로 그 목표를 연장하는 변곡점이었다. 캠퍼스의 상징과도 같던 1번 국문학과 건물에 학생들의 발길은 더욱 뜸해졌다. 인문과 예술은 더는 대학이 할 일이 아닌 듯했다.

경쟁은 날로 치열해졌다. 재능을 스펙이란 잣대 위에 가지런히 세워놓고 공정한 경쟁이라 불렀다. 삶은 표준화되어 갔고 인간의 개성은 사라졌다. 실사구시實事求是를 외쳤지만 실사實事만 거듭하는 시대가 열렸다.

열심히 노력해도 넘지 못하는 벽은 분명 있었다. 대개 그 벽 아래에서 폴짝거리다 허무하게 죽음을 맞이했다. 아버지도 평생 그 벽 앞에 서 계셨다. 마지막 순간 운명은 아버지에게 손을 내밀어 벽 위로 끌어올렸다. 우리도 덩달아 신분이 상승되는 것 같았다. 거기까지였다. 정점에서 운명은 장난치듯 아버지의 팔을 내동댕이쳤다. 아버지는 병상에서 일어나지 못했다. 우린 꺾인 꿈을 담벼락 아래 묻었다.

서른이 되도록 그 벽 앞에서 서성였다. 벽을 넘을 건지 깰 건지 저런 건 평생 쳐다보지도 말 건지. 내가 제대로 할 수는 있는 건지. 그러는 사이 나도 자랐고 벽도 더 높아졌다. 벽 앞에서 발을 구르는 사람들은 늘어만 갔다. 세상은 그 벽을 '기득권'이라 불렀다.

신은 인간에게 약속을 했다. 드넓은 대지를 걸어가 표식을 한 뒤 해지기 전 출발한 곳으로 돌아오면 그 땅을 모두 우리 것으로 해주겠다고. 인간은 신이 났다. 저게 다 내 것이라고? 계산이 빠른 현대인이라면 해지기 전에 돌아오지 않는 어리석은 일은 하지 않을 것 같지만, 대지에서 생을 마감하는 일이 흔한 게 우리네 삶이었다. 어쩌지 못해 돌아올 수 없는 기막힌 사연도 있겠지만, 대개는 남들 가는 길을 모조리 걸어보려다 해가 지는 줄 모른 채 생을 마쳤다.

소위 정보력이라 뽐내는 그 추세를 뒤쫓을 뿐인 우린 늘 이리저리 기웃거렸다. 그렇게 내 길을 가장 나답지 않게 걷다 주어진 하루를 허비하곤 했다. 경쟁과 욕심이 지나쳐 돌아올 시간을 영영 놓치고 마는 것, 그걸 알면서도 수없이 허방을 짚는 게 인생이었다. 혼자 사는 세상이 아니어서 혼자 걸을 수만은 없는 길이기에, 삶은 예측하기도 예단하기도 어렵다. 위대한 일을 이룬 사람들마다 최후로 남긴 말이 욕심을 버리란 것. 아버지의 유언도 다르지 않았다.

아버지도 집으로 갈 시간을 놓치셨던 것 같다. 삶이 도형을 그리는 일이라면 직선을 반듯이 그리다가도 아쉬운 순간, 그걸 꺾어 시작점으로 돌아오는 용기가 필요했다. 아버지를 묻고, 어머니는 아버지가 채 그리다 만 도형을 마저 그리겠다고 하셨다. 어느 날 어머니는 그걸 다시 우리에게 남기고 떠나실 것이었다.

모든 벽을 꼭 넘어야 하는 건 아니었다. 드넓은 세상으로 시선을 돌리면 저런 벽들은 곳곳에 솟아 있었다. 땀과 눈물로 쌓아올린 훌륭한 벽은 귀감의 대상이기도 했다. 폐단의 벽도 있었지만 그건 패기만으로 깨지지 않았다. 오랜 풍화를 거쳐 스스로 구멍이 생기고, 그걸 밀면 쉬 무너졌다. 그게 역사였다. 긴 기다림을 이겨낼 수 있는지, 세월 속에서 초심과 진심을 잃지 않는지가 더 중요했다.

통증에 시달리던 아버지에게 낮과 밤은 따로 없었다. 그래도 병실에 볕이 드는 아침이면, 역시 뜬눈으로 밤을 지새운 어머니에게 아버지는 내 시험이 며칠 남았는지 묻곤 하셨다. 그럼 어머니는 언제라 정확하게 답하기도 하고, 얼버무리기도 하셨다. 그러다 울먹이면 아버지는 어머니를 위로했다. 그 순간에도 운명은 아버지의 머리맡에 앉아 삶과 죽음의 추를 번갈아 저울질하고 있었을 것이다. 오늘은 희망, 내일은 절망. 그리고 그날, 죽음에 이르는 모든 문들이 활짝 열렸다. 절망이 희망을 참혹히 부순 자리엔 천붕의 고통만 남았다. 슬픔의 강이 마르고 눈물자국만 남자 아버지 없이도 그런대로 살 만했다.

서른을 훌쩍 넘긴 나이. 이제 잊고만 싶었던 십칠 년 전

그날 밤으로 돌아간다. 동토凍土에 심은 꽃 한 송이에 아직 손바닥만 한 볕도 들지 못했지만, 꿈을 잃고 망연히 울며 새 꿈을 찾아헤매던 열아홉의 내 손을 다시 잡는다. 꿈을 새로 꾸려고만 했던 어리석음을 이제 깨달아서다.

벽을 넘기 위한 삶, 오로지 그걸 깨기 위한 삶은 세상에 유익을 주지 않았다. 내가 있을 곳은 벽 저편이 아니라 원래 있던 이곳. 모두가 넘고 싶어하는 그 벽이 아닌, 무릎을 굽혀 많은 사람들과 눈을 맞출 수 있는 그런 벽이 되고 싶다. 그날의 꺾인 꿈이 곤히 잠든 대지를 어루만진다. 아버지가 쓰러져 죽은 이 자리에 나, 내가 섰다.

제2장

날개

어린 까치

어린 까치가 파들대며 어쩔 줄 몰라하고 있었다. 그 곁엔 어미로 보이는 까치 한 마리가 축 늘어져 있었다.

월요일이었다. 성북동에서 감사원으로 이어진 구불거리는 산길 도로를 타고 나는 출근하고 있었다. 좁은 차선에서 큰 트럭을 만나 아슬아슬하게 교행하는데, 저 멀리 어린 까치가 눈에 들어왔다.

짧은 시간이었지만 나는 알 수 있었다. 차에 치인 어미를 차마 떠나지 못하는 새끼의 가여운 모습이었다.

녀석은 종종걸음으로 도로를 뛰어다녔다. 큰 차가 달려오면 길가로 달음질쳤다가 차가 지나가고 나면 잽싸게 어미의 주검으로 되돌아왔다. 모가지를 들어 슬피 울다가 작디작은 부리로 어미 다리 한 짝을 물고 힘껏 길가로 끌어보기도 했다. 죽은 어미는 아주 조금씩만 움직일 뿐이었다. 그러다 달려오는 자동차를 미처 피하지 못하면 도로에 찰싹 달라붙어 간신히 목숨을 건졌다. 차만 지나다니는 산길. 누구도 새끼 까치를 위해 멈춰주지 않았다. 나도 그만 지나가버렸다.

죽음을 생각하면 막연해진다. 죽고나면 어떤 것이 나를 기다리고 있을까. 도무지 생각할 수 없다. 그러나 어머니의 죽음을 미리 떠올리면 가슴이 미어진다. 그 이후 어떤 것이 나를 기다리고 있을지 잘 알고 있기 때문이다. 내 삶이 어떤 모습으로 변할지 갑자기 먹먹해진다. 지난 날 아버지의 죽음도 막막했다. 회사에는 나보다 열 살도 더 먹은 선배들이 늙은 부모 이야기를 내게 푸념처럼 늘어놓는다. 가끔은 인생을 다 아는 듯. 그래도 그들은 아직 행복한 것 같다. 삶은, 죽음이 만드는 굴곡이라는 걸 어찌 말로 다 표현할 수 있겠는가.

태풍이 왔다. 비가 내리고 지하 주차장이 물에 잠겼다. 어미 까치는 새끼에게 어서 탈출하라고 했다. 어린 까치는 엄마에게 키워줘서 고맙다는 말을 남기고 사라졌다. 그런데 그 새끼는 과연 엄마 말대로 주차장을 쉬이 빠져나가려 했을까. 어미 까치를 잊지 못해 자꾸 뒤돌아보다가 결국 탈출 시간을 놓치지는 않았을까. 비가 그치고 물이 빠졌다. 어미는 살았지만 새끼는 죽은 채로 발견되었다. 어미의 삶에 어린 까치의 죽음은 또 어떤 굴곡을 새겨넣은 것일까.

찢기고 뜯어진 내 마음을 기우는 건 늘 어머니 몫이었다. 매일 아무렇지도 않게 살 수 있었던 건, 어머니가 있었기 때문이다. 삶이라는 동화에서 깨어나 비로소 삶이 비극임을 깨달았던 열아홉 살. 아버지의 죽음 앞에서 삶을 내려놓았던 나의 어머니가 떠오른다. 새끼 까치는 어머니 곁을 맴돌며 슬퍼했다. 극장으로, 카페로, 컴퓨터 학원으로, 나는 그 시절 늘 어머니 손을 잡고 다녔다.

온종일 출근길의 어린 까치가 어른거렸다. 어딘가에 차를 멈추고 내가 어미 까치를 길가로 옮겨줬어야 했다. 퇴근길, 그 산길을 가보았다. 다행히 까치의 흔적은 보이지 않았다.

지금도 나는 그 산길을 자주 간다.

별

기차역 승강장. 한 아이가 작은 발을 노란 선 바깥으로 내밀어본다. 등 뒤에선 아이 엄마의 다그치는 소리가 들린다. 너 엄마가 그러지 말랬지. 노란 선 안쪽에 있어야 하는 거야. 그러자 아이는 잠시 머뭇거리는가 싶더니 선 위로 발을 옮긴다. 어찌나 작은 발이던지 발은 노란 선 안에 쏙 들어간다. 예쁘다. 무슨 대답을 기다리는 듯, 동그랗게 뜬 아이의 눈이 귀엽다. 그리고는 묻는 말. "엄마, 그럼 이건 괜찮아?"

내가 어릴 적에도 저런 질문을 던졌던 것 같다. 노란 선 바깥으로 나가면 위험하다고 어머니가 주의를 주면, 어김없이 노란 선 위에 발을 올렸다. 그럼 이건 어떠냐면서. 두세 번 타이를 때 곱게 말을 들은 적이 없었다. 행여 멀리서라도 기차의 기적 소리가 들리면 어머니의 목소리는 다급해졌다.

아가, 제발. 너 정말, 정말 안 올래? 그렇게 어머니의 애간장을 녹이는 게 못 견딜 정도로 재밌었다. 그러다 깜짝 놀란 적도 있었다. 쏜살같이 몰아친 거센 바람에 몸서리를 쳤다. 모성母性을 악용한 대가를 톡톡히 치른 셈. 그래도 그 놀이는 재밌었다. 그래서 역에만 가면 그 장난을 어김없이 되풀이했다.

저 아이도 그럴지 몰랐다. 제 어머니가 거듭 사정하건만, 짓궂은 아이는 못들은 척 계속 한 발로 안전선 바깥을 침범하고 있었다. 훗날 저 아이도 누군가를 바라보며, 기억 속에서 오늘을 더듬을지 모를 일이었다. 아이 어머니의 애타는 소리를 들으며 나는 두 사람이 만들고 있는 한 폭의 추억을 감상하고 있었다.

내 머리가 제법 커진 뒤, 어머니는 늘 불만이셨다. 그때 대학생들에게는 필수품 같았던 디지털카메라나 MP3 플레이어 같은 소위, 신세대 문화 상품의 사용법에 대해, 난 한번도 친절하게 설명해드린 적이 없기 때문이었다. 사진을 찍을 줄은 알되 컴퓨터에서 사진 파일을 불러오지 못하는 어머니는, MP3 플레이어에 주기적으로 음악 파일을 바꿔 저장하는 나를 신기하게 바라보시곤 했다. 하지만 물어보실 때마다 난 번번이 신경질을 냈다. 그런 것도 모르시냐고. 도대

체 이게 몇 번째 설명이냐고. 그래서 어머니도 요샌 꾀를 내신 것 같다. 하나 가르쳐주면 용돈을 올려주마 제안도 하고, 내가 바빠 보일 때는 잠자코 계시다가, 쉬기 위해 소파에 앉는 틈을 노려 하나만 가르쳐달라고 독촉하신다. 이번이 진짜 마지막이라며, 아예 백지와 연필까지 들고 오셨다.

단호하게 거절해보지만, 어머니의 열정을 꺾기란 어렵다. 그러나 며칠 뒤면 어머니는 다시 같은 질문을 하실 것이었다. 귀찮아하며 대충 설명하는 이 불성실한 아들 탓에, 학습에는 그다지 진전이 없어 보였다. 그래서 수업의 끝은 언제나 불평으로 갈무리되었다. 넌 너무 빨리 설명해서 알아들을 수 없다거나, 네가 어렸을 때는 내가 덧셈, 뺄셈도 가르쳐주고 한자도 영어도 친절하게 가르쳐주었건만 넌 너무 매정하다는 식으로.

어머니와 티격태격하면서 〈8월의 크리스마스〉라는 영화가 문득 떠올랐다. 결국 요절하고야 마는 비운의 주인공은 비디오 다룰 줄 모르는 아버지에게 그런 것도 못 만지냐고 무던히도 화를 낸다. 그런 그가 딱 한번 자상하게 작동 요령을 설명하는데, 그건 주인공이 자신의 죽음을 직감했을 때였다. 자신이 떠난 뒤, 비디오를 보지 못할 아버지의 모습이 떠올랐기 때문이었으리라. 나도 입대하기 전날 밤, 메일에 파일을 첨부할 줄 몰라 쩔쩔 매시던 어머니를 위해, 컴퓨터 화면을 캡쳐해 알기 쉬운 설명서를 만들어 드렸다. 물어보실 때마다 마냥 귀찮게 여겼지만, 그날은 달랐다.

되풀이되는 '엄마의 질문', 오늘 난 그것을 되새겨본다. 그건 아마도 다 자란 아들과 소통하고 싶어하는 어머니의 마음일 것이다. 질문에 대한 내 대답은 뻔했지만, 당신에게 소중했던 건 정작 답이 아니었다. 이야기를 주고받는 시간이었을 뿐. 성의 없는 나의 대답을 들으며 아들의 속내를 짐작해내는 당신은, 피새 부리는 자식과의 시간이 먼 훗날 오늘을 떠올리는 추억으로 남길 바랐을 것이다. 노란 선 밖으로 내밀던 어린 시절 발짓 하나도 지난날로 향하는 실마리가 되었듯, 이런 작은 기억의 조각들은 훗날 어머니를 떠올리게 만들 것이었다.

추억을 가볍게 여기던 시절, 내게는 미래만 있을 줄 알았다. 어머니의 손을 놓고 사랑하는 이의 부드러운 손을 잡고 싶었고 어머니가 나를 이해하지 못한다 여겼다. 당신이 만든 세상에서 벗어나고 싶었다. 자유를 즐기며 앞으로 앞으로만 걷고 싶었다. 하지만 그럴 때마다 추억은 늘 거울처럼 내 앞을 가로막았다. 그 안에 펼쳐진 세상은 참 아름다웠다. 거울 속 풍경風景엔, 당신이 매일처럼 남긴 추억의 편린들이 풍경風磬 소리처럼 자리잡고 있었다. 이제껏 들리지 않던 그 소리는, 당신이 내게 준 선물로 방황하는 나그네의 길라잡이처럼 내 안에서 빛나는 '별'이 되었다.

날개

프라하에서 처음 만난 건 여인들의 젖가슴이었다. 넓게 팬 옷으로 코디한 깊은 가슴골들이 따뜻하고 육감적인 걸음을 옮기면, 새들은 새장을 나와 하늘을 날았다.

고독에서 자유로. 희망이 생겼다. 새들이 향한 곳은 언덕 위 프라하 성. 사뿐한 날갯짓이 블타바 강에 잔물결을 일으켜 갈색 도시를 아름답게 수놓았지만 성에 든 새는 한 마리도 없었다. 성벽은 높고 철문은 단단했다. 카프카는 새들의 이런 절망을 담아 『성城』을 썼다. 청마靑馬는 그 애달픔을 「깃발」로 만들어 시단에 꽂았다.

그날도 잔뜩 놀림만 당했다. 친구 소용없다. 방에 틀어박혀 서럽게 우는 나를 아버지가 달랬다. 혼자 있기 싫어 아이들을 따라나섰지만 마음은 여전히 덩그랬다.

잔치의 주인공은 늘 따로 있었다. 군중은 대개 손쉽고 잘 나지 않은 배우를 골라 주연으로 세웠다. 주연이 꼭 주인공은 아니었지만, 나는 어느 쪽에도 속하지 못했다.

손을 흔들고 헤어지면 남은 건 빈 가슴뿐. 잔치에 가나 안 가나 쓸쓸하긴 마찬가지였다. 누구든 다를까. 릴케R. M. Rilke가 노래한 건 그런 근원의 고독이었다. 고독하게 태어나 고독을 씹으며 살다 고독에 목이 메어 죽는 것, 사람들은 이걸 더불어 사는 거라 했다.

고독을 달래기 위해 인간은 돈을 쓰고 술을 마신다. 힘을 숭상하고 세를 불리려 줄을 세운다. 무대를 떠날 땐 저 대신 꼭두각시를 주연으로 세웠다. 남을 미워하며 신을 믿고, 사랑하며 배신하고, 두려워하며 질시하고, 함께 누워 다른 꿈을 꾸고, 동물을 키우고 요리를 하고, 책을 읽고 편지를 쓰며, 음악을 듣고 그림을 그리다, 그래도 너무 답답하면 훌쩍 여행도 떠난다. 최고가 되고도 만족하지 못하는 것, 욕망을 꿈이라 착각하는 것 역시 가진 걸 놓으면 또 고독해질까 두려워서다. 오늘도 하룻밤 사랑을 끽연한 엽색꾼의 뒷모습. 그가 휙 던진 꽁초는 타다만 고독이었다.

삶은 고독이란 독배毒杯를 쭉 들이켜는 거였다. 욕망을 채우려 잔을 높이 들지만 고독은 깊어만 갔다. 화장을 고치고

목을 가다듬어도 낯선 시선들 앞에서 새는 노래하지 않았다. 첨탑에서 종이 울리면 새들의 가슴은 뛰었지만 성당은 성 안에 있었다. 욕망의 날개를 활짝 편 새가 사뿐 날아오를 때마다 우린 한 모금씩 독배를 마셨다. 욕망엔 대가가 따랐다.

친구? 소용없었다. 우린 서로의 잔을 대신 마셔줄 순 없기 때문이다. 그래도 사람들은 뭉쳤다. 다 같이 모여 잔을 들고 건배를 한다. 그게 사회였다. 내게 주어진 잔을 끝까지 비우면 한 사람씩 무리에서 사라졌다. 새가 사라진 자리에는 다른 새가 들었다. 그렇게 새들의 견고한 대형은 허물어지지 않고 역사를 써왔다. 성을 향한 영원한 여정, 그게 인간이 걸어온 길이요, 인간은 그걸 종교와 학문, 정치와 경제, 예술과 과학, 전쟁 그리고 평화라 불렀다.

그리움은 미래로부터 오기도 한다. 늦가을 삽상한 바람에 낙엽 하나 노을처럼 가슴에 내리면 고독을 별로 만들어 밤하늘 한 구석 나만 아는 곳에 몰래 숨기곤 했다. 낮에는 무지개, 밤엔 은하수. 찬연한 빛의 향연 어디에도 인연이 보이지 않으면, 고독을 다른 이름으로 저장해 '오지 않은 사랑'이라 적었다.

어제 내 가슴을 떠난 새는 지금쯤 어딜 날고 있을까. 산을 넘으면 또 다른 산이 서 있고, 탁 트인 들에는 어김없이 깊은 늪이 있었다. 성을 향해 펼쳐진 고독의 세상에서 인간은 끊임없이 흔들렸다. 독이 든 줄 뻔히 알면서도 성으로 가기 위해 연거푸 잔을 들이키면 새의 눈엔 눈물이 맺혔다. 고인 눈물은 샘을 이뤘다.

고독은 그냥 혼자 남겨지는 게 아니었다. 고독의 샘에 몸을 담가야 비로소 껍질을 벗고 나란 실체와 만날 수 있었다. 그 끔찍한 혼자만의 시간 속에서 법식의 틀을 부수고 내 민낯을 꾸밈없이 만난 흔적만이, 생의 공적으로 남았다.

아직 오지 않은 사랑이 오면 과연 고독하지 않을까. 첨탑의 종이 울리는 한, 저 성을 향한 영원한 열망이 식지 않는 한, 이 고독의 독배를 다 비우기 전엔 새는 날기를 멈추지 않을 것이다. 내 안의 새, 그 눈물을 받아 무얼 만들어낼까. 인간의 가치가 훼손되는 시대에 새는 울음을 멈추지 않을 것이다. 종이 울리면 새는 다시 야윈 날개를 편다. 닿을 수 없는 저 성을 향해 순백의 날개를 편다.

예인藝人

저물녘. 산책 나온 강아지가 제자리를 맴돈다. 제 꼬리를 물어보려 안간힘을 써보지만 꼬리는 한사코 줄행랑을 놓는다. 붙잡고 싶지만 잘 잡히지 않고, 잊고 싶어도 날 흔드는 그리움처럼. 꼬리는 뻔한 숨바꼭질을 계속하고 있었다.

빈Wien은 예인들이 꼬리를 물다 죽은 곳이다. 그들이 평생 애쓴 흔적이 시간을 초월해 고스란히 남아 있는 게, 우리가 보는 빈의 오늘이다. 음악의 도시라지만 미술과 건축, 역사와 종교까지 버무려 음미해야 요모조모 이해가 쉽다. 뭐 그래봤자 예인이 품었을 느낌, 그 껍질만 겨우 핥게 될 뿐이지만.

베토벤의 꼬리를 찾아나섰다. 빈 일대 '베토벤하우스'마다 인적은 드물었다. 어딜 가나 베토벤을 유독 좋아한다는 일

본인들을 만날 수 있었다. 그런데 정작 어느 베토벤하우스에서도 그가 살진 않았던 것 같다. 그 앞집이나 옆집, 그도 아님 그 동네 어딘가에 살았다고 전해질 뿐, 가난에 찌들려 죽어라고 이사만 했던 괴팍한 베토벤 따위가 어디 사는 게 그때 그들에게 뭐 그리 중요했겠는가. 그의 악보樂譜라면 또 모를까. "그가 서명한 집 문서만 남았어도…." 거길 지키던 분이 말꼬리를 흐렸다. 빈에 남은 그의 온전한 흔적이라곤 무덤뿐이었다.

그래도 그는 죽음의 순간 제대로 꼬리를 물었고 빈은 거장의 죽음을 진심으로 애도했다. 시대와 운명은 평생 그를 시험했지만 그래도 맨 마지막 순간 화해의 손을 건넸다.

집이란 건 가당치도 않던 베토벤보다 더 기막힌 것은 모차르트였다. 빈은 그에게 뿌리이자 넘어서야 할 울담이기도 했다. 노력 없는 천재가 없건만 시대는 그가 게으른 천재이길 바랐다. 그의 재능에 감탄하면서도 질시하고, 헐뜯으면서도 곁에 두려 했다. 그의 요절은 어쩌면 당연한 걸지도 몰랐다.

비상했던 그는 꼬리를 너무 일찍 물었고, 세상은 처음에는 탄성을, 종국엔 박수와 야유를 함께 몰아주며 그가 평생 그런 묘기나 되풀이하길 바랐다. 어쩌면 그 대단한 음악을 가능케 했을지도 모를 그의 유별난 성품을 두고도 수군거렸다. 세상이 원하는 천재이기 위해 그는 무리했을 것이었다. 그럴수록 건강은 쇠약해졌다. 애써 피곤했던 그가 최후로 물었던 꼬리는, 하필 죽음이었다. 억수로 비가 내리던 그날, 그의 시신은 구덩이 속에 휙 던져졌다.

세월이 흘렀다. 위대한 예인藝人들을, 빈이 아니 인간이 시험한 그날로부터. 애증은 사라지고 찬사만 남았다. 예술은 밥으로 하는 게 아니라는 말은, 예술은 밥이 되지 않는다는 말로 싹 바뀌어 있었다. 하우스 푸어였던 베토벤에겐 살지도 않았던 집이 몇 채씩이나 있고, 슈퍼스타인 모차르트의 창백한 초상화는 온갖 기념품에 무늬처럼 박혀 도시를 홍보하고 있지만, 정작 그들이 남긴 빛바랜 꼬리를 보면 왠지 서글퍼진다.

거장이 나타나지 않는 시대, 있어도 알아보기 힘든 시대를 우리는 산다. 꼬리 물기를 향한 현대인들의 집념은 그 어느 때보다 거세다. 꼬리 여럿을 한꺼번에 물려는 욕심 사나운 이들도 제법 많다. 물기 좋으라고 꼬리를 서둘러 자라게 하는 법, 아니 물었어도 대충 문 것으로 인증받는 법이 화제인 시대. 무는 순간만 사진에 담아 자랑하기에 여념이 없고, 급할 땐 남의 꼬리라도 앙 물어버린다. 그렇게 한번이라도 물어봤던 꼬리는 통조림에 담겨 시판되기도 한다. 연주를 음반에 넣어 판매하고, 시장에선 액자에 갇힌 그림이 거래된다. 어떤 책은 언제부터인가 통조림도 아닌 깡통이 되어 있었다.

뉴욕이란 거대한 통조림 속에는 현대가 남긴 수많은 꼬리들이 전시되어 있다. 종교와 만나 찬란한 꽃을 피웠던 유럽의 예술은 이곳에서 산업을 만났다. 깡통일지언정 차라리 담지 않는 게 좋았을 꼬리들도 꽤 있지만, 자본의 모험 앞에서도 예술이 자못 진지한 얼굴을 할 수 있다는 희망도 발견할 수 있는 곳이 바로 뉴욕이다. 산업은 관객에게 대중이란 이름을 붙여줌으로써 불완전하게나마 예술이 밥으로 변신할 여지까지 남겨주었다.

뉴요커들은 맨해튼이란 큰 떡판 위에 모더니즘을 올려놓고 각국의 문화를 양념으로 얹어 떡을 쪘다. 그걸 네모반듯하게 썬 게 뉴욕의 구역block이다. 그렇게 나란히 뻗은 구역 사이를 비딱하게 가로지르는 길이, 뮤지컬의 본산 브로드웨이다. 이 위에 서보면 예술과 상업이 만나 어떤 표정을 짓게 되는지 온몸으로 체험할 수 있다.

청淸에서 건너온 짜디짠 짜장면이 우리 땅에서 달달한 짜장면으로 바뀐 것처럼, 유럽에서 사랑받던 오페레타가 뉴욕에 이르러 뮤지컬이 되었다. 현대란 거대 통조림 속에 영영 갇힌 듯했던 예술이 새로운 가망에 눈을 뜬 일이기도 했다. 알찬 통조림은 요란한 깡통과 확연히 다르고, 잘 만들면 그 안의 꼬리도 날것처럼 싱싱할 수 있다는 걸 보여줬다.

예술이라 쓰고 순수라 읽던 시대는 가고, 순수예술로 써야 예술이라 믿는 시대가 왔다. 애인은 그 자체로도 사랑하는 사람인데, 굳이 사랑하는 애인이라 불러보는 것이다. 정확히는 사랑받고 싶은 나, 순수해지고 싶은 예술일 텐데.

강아지는 누구에게 보이기 위해 꼬리를 물지 않는다. 살아 있기에. 가려움과 갑갑함에서 해방되기 위해 그 자리를 빙빙 돌 뿐이다. 꼬리를 무는 짜릿함, 금세 사라지고 말 그 희열을 위해 평생 제자리를 도는 게 삶이요 예술이라면, 그걸 통해 내가 세상에 전달하고자 하는 진심, 그 마음이 가장 중요한 거라 믿는다. 애인 앞에 굳이 사랑을 붙이는 건 사랑이 부족하다고 느껴서이듯, 예술 앞에 순수라는 표식을 다는 건, 이 시대가 순수를 잃어가고 있다는 반증이 아닐까. 순수에 대한 향수. 그걸 향한 열망이 순수를 부르짖게 했을 뿐. 모든 삶이 소중하듯 모든 예술과 그 혼이 담긴 모든 꼬리들은 하나같이 귀하다. 순수, 그냥 그게 그리워서다.

집에서 보내준 갈치 통조림. 이게 없었다면 이국 땅에서 난 밥맛을 잃었을 게다. 통조림 덕택에 오랜만의 갈치조림에 밥 한 그릇을 뚝딱 비웠다. 부엌에는 곰국도 꼬막도 꽁치도 깡통에 담겨 나를 기다린다. 아니, 내가 기다린다. 즉석식품이 해롭다는 말이 있어도 지금 내겐 이것뿐, 이것마저 없다면 원형의 맛조차 영영 잊어버릴지도 모른다. 순수를 향한 불꽃. 그 열망이 아직 우리 가슴 속에 남아 있는 건 그나마 통조림 덕분이 아닐까. 음반에 담긴 음악을 기억하기에, 액자에 갇힌 그림을 구경했기에, 새로 나온 책에서 고전의 한 토막이라도 맛보았기에, 공연장을 찾는 관객도 미술관을 가는 관람객도 고전을 다시 읽는 독자도 있는 것이리라. 베토벤이 살지도 않은 집을 찾아가고 모차르트가 쓸쓸히 죽어간 빈에서 그의 자취를 되짚으며, 우리는 간객看客에서 관객觀客으로 나아가는 것이다.

드디어 꼬리를 물었다. 그렇지. 강아지는 입을 다그쳐 더세게 물었다. 갑자기 개 주인이 목줄을 확 당겼다. 녀석은다 잡은 꼬리를 놓치고 힘없이 끌려갔다. 잠시 뒤 주인이 한눈을 팔자 녀석은 다시 제자리를 빙빙 돌기 시작했다.

여우비

그들은 길게 울 수 없었다. 비는 잠시 내리고 볕은 길게 내렸다. 볕이 내리면 채찍도 함께 내렸다. 굵은 채찍이 내린 자리엔 붉은 피가 검게 피어올랐다. 사슬에 묶여 반항도 못한 채 검은 몸을 꿈틀거리며 그렇게 죽어가기 일쑤였다.

날씬하고 곱살한 여인들은 주인들의 노리개가 되곤 했다. 아이가 태어나면 어미와 자식은 생이별을 했다. 검은 어미가 낳아 슬픈, 검은 아이는 세상을 알기도 전 어미 곁을 떠났다. 아이는 죽도록 일을 하다 모성도 느끼지 못한 채 맞아죽었고, 어미는 헛가슴만 더듬다 농장 여주인에게 험히 매질 당해 죽었다.

애틀랜타는 늘 푸른 하늘을 머리에 인 도시이다. 애틀랜타엔 유난히 여우비가 잦다. 가끔 장대 같은 빗줄기가 쏟아

57

지지만 그 비는 대개 오래가지 않는다. 대지에 머물다 이내 하늘로 돌아가는 빗방울은, 이곳을 절망 속에서 일구었을 흑인 노예들의 눈물을 꼭 닮았다.

그런 아픈 역사를 뒤로 하고 애틀랜타에는 잘 배우고 잘 사는 흑인들도 제법 보인다. 하얀 벤츠를 모는 흑인이 소란스럽게 음악을 틀고 엘란트라나 타고 다니는 백인들을 쏜살같이 추월하는 걸 보노라면 동양인이 느끼는 역사의 아이러니는 정점을 찍는다.

애틀랜타 시내에는 고풍스러운 건물도 제법 있지만 높은 빌딩이 꽤 많다. 그 빌딩 아래로 낡은 시가지가 그늘처럼 깔려 있다. 주변의 거리는 말쑥하게 정장을 빼입은 백인들과 셔츠 한 조각 걸치고 삼삼오오 춤을 추듯 건들거리는 흑인들이 한데 어우러진다. 비가 내리고, 다시 비가 그치면 도시는 잿빛이 되었다 서서히 밝아지며 다양한 표정들을 연출한다. 여우비가 가뭇없이 사라진 땅을 따가운 남녘 햇살이 잽싸게 달구는 동안 콧속을 간지럽히는 물방울은 금세 공기속으로 사라져버린다. 비가 그치면, 이 도시는 이따금 무지개도 걸쳐 입는다.

노예를 부리는 사람들 중엔 착한 사람도 더러 있었다. 신을 충실히 섬기고 성경 말씀을 신봉하는 몇몇 백인 농장주에게 흑인 노예는 그래도 사람인 동시에 소중히 다뤄야 할 재산이었다. 거대한 농장을 지키고 일구기 위해 노예제도는 어쩔 수 없이 필요한 사회 시스템이었다.

그게 없으면 그의 흑인 노예들도 살 터전을 잃을 수밖에 없고, 그리되면 노예들은 흑인 알기를 물건쯤으로 아는 못된 백인 주인에게 팔려가 처참한 생활을 해야만 했다. 착한 농장주들은 노예제도를 없애는 대신 자기 같은 사람이 주인으로 있는 게 차라리 낫다고 여겼다. 그렇게 그들은 자신들의 주인 행세를 '필요악'이라 부르고, 못되기 짝이 없는 대다수 농장주의 행동을 '절대악'이라 비난했다.

애틀랜타 일대는 그 필요악과 절대악이 함께 일군 땅이다. 가진 자들은 흑인 노예들에게 인색했다. 아프리카 서부에서 주워 담듯 사들인 흑인들은 궤짝처럼 차곡차곡 노예선에 실려 아메리카로 운송되었다. 항해 중에 몸이 상해 회복되지 못하면 돌에 묶여 한꺼번에 바다에 버려지기도 했다. 그렇게 도착한 농장에서 노예들은 소금에 절여서 말린 대구를 먹으며 고된 노역을 계속했다. 거기서 재배된 사탕수수와 목화는 유럽과 미국을 살찌웠다. 그 달콤함과 부드러움 위에서 과학은 차근차근 체계를 잡아갔고 예술 역시 꽃을 피웠다.

아메리카는 유럽인들에게 토지라는 거대 생산 자원이었고 그에 걸맞은 대량의 노동인구를 조달하기 위해 아프리카로부터 흑인들이 헐값에 팔려왔다. 신대륙 발견 이후 흑인 노예들이 쏟은 눈물은 한없이, 한없이 카리브해로 흘렀다.

유럽의 자본과 신대륙의 토지, 그리고 아프리카의 노동력. 그렇게 서구의 시대가 열렸다. 그들의 경제는 괄목할 만한 성장을 거듭했고, 그때 그렇게 앞섰기에 선진국 반열에 쉬 오를 수 있었다. 이따금 앞선 자의 뒤늦은 통회와 따뜻한 손길이 검은 대륙을 어루만지기도 하지만, 능욕당한 자의 눈물이 마르지는 않을 것 같다. 가난과 질병이 뒤덮은 아프리카 대륙에도 여우비는 계속 내리고 있을지 모른다.

제대로 된 자본주의 사회에서 부자는 비난받지 않는다. 돈은 노력의 산물이지 힘의 상징이 아니기 때문이다. 그리고 그 돈은 기부와 기탁, 그리고 정직한 세금을 통해 곧잘 사회로 환원되곤 한다.

힘. 그 마력에 취해 인간은 숱한 땀과 피를 그리고 더 많은 눈물을 흘려야 했다. 힘을 기르다보면, 제 아무리 애써도 더 이상 넘지 못하는 벽을 만나게 마련이었다. 어떤 나라들은 흑인의 아픔으로 그 벽을 넘었고 어떤 나라는 우리 민족의 설움으로 그 벽을 부쉈다. 아마도 여우비는 가슴 아픈 역사가 깃든 땅 곳곳을 적시느라 한 곳에 오래 머물 수 없는 건지도 모른다.

운 좋게 선대先代 잘 만난 덕으로 우쭐대며 살 수 있는 철없이 모던한 2세들을 바라볼 때면, 그들이 함부로 쓰는 힘을 향한 시선이 고울 수는 없을 것 같다. 검소한 부자와 정직한 빈자, 그들이 함께 존경받는 떳떳한 사회. 남을 짓밟지 않고 흘린 땀만큼 받아가는 순수純粹의 가치가 영롱하게 빛나는 '자본주의'를, 나는 꿈꾸어본다.

비가 그쳤다. 아픔이 소나기처럼 지나갔다.

직장의 마지막 기차역

이번 역에선 누가 내릴까. 문이 열리자 승객들은 눈치를 보며 서로의 등을 떠밀었다. 몇 사람이 쫓겨났다. 기차는 아무 일도 없었다는 듯 다시 출발했다.

입사 첫날, 나도 이 열차에 몸을 실었다. 직장은 참 시끄러운 곳이다. 진실은 대개 닿을 수 없는 곳에 있었고, 소문과 험담엔 은밀한 날개가 달렸다. 누군 누구의 동문, 누구 고향 친구는 누구, 누구는 누구와 같은 교회, 누구 부모가 누구고 그 누구와 누구가 서로 돕는 사이란 말이 삽시간에 퍼졌다. 줄타기 선수들이 짠 촘촘한 거미줄에 참과 거짓은 한데 뒤엉켰다. 다음 기차역에서 누가 내리게 될지 그 거미줄을 보면 알 듯도 했다.

시간이 흘렀다. 나도 제법 많은 역을 지나왔다. 입석으로 탔지만, 저 끄트머리에 내 자리도 나는 걸까. 어느 날, 막 열차에 오른 젊은 승객들이 털썩 복도에 주저앉았다. 앉을 자리가 없다는 걸 뒤늦게 깨달았기 때문이다. 그들은 기차를 '헬hell'이라 불렀다. 나이만 앞세워 권위를 지키려는 선배들을 '꼰대'라고 힐난했다. 그래도 젊은이들은 내리지 못하고 머뭇거렸다. 조금만 더 버티면 자리가 날지도 모른다는 기대. 그 기대는 모든 갈등의 출발점이었다.

머리가 희끗한 몇몇 승객들은 기차가 이만큼이라도 달릴 수 있는 건 그래도 자기들 덕이라 목소리를 높였다. 젊은 날 그 고생을 하고 겨우 편히 앉을 자리 하나 마련한 게 그렇게 부당한 것이냐고도 했다. 그러자 기차 안에선 욕설이 오갔다. 승객들은 고함을 질렀고 세대世代로 편을 갈라 싸웠다. 어디 내가 탄 이 기차만 그러겠는가. 앉고 싶은 사람 많고, 내리려는 자 적은 객실. 권력은 이 기울어진 열차를 마구 흔들어대며 사람들을 요리조리 움직였다.

젊다고 꼭 생각이 젊은 건 아니었다. 그들이 원한 게 변화가 아닌 자리뿐이었다면 기차 안은 좀체 달라지지 않을 것이다. 자리에는 제법 많은 편의便宜가 뒤따랐다. 스낵카트가 지나가면 사람들은 허기를 채운다. 서 있는 승객은 사 먹어야 했지만, 앉아 있는 승객은 손만 뻗어 거저 음식을 먹을 수 있었다. 앉아 있지만 자기 돈으로 음식을 사먹는 노신사도 있었고, 이제 좀 앉게 되었다고 카트가 제 것인 양 행동하는 사람들도 있었다. 그리고 그 옆엔 그들 대신, 공짜 음식을 집어 듬뿍 챙겨주는 요령꾼들이 보였다. 꼰대 것을 챙기는 척 결국은 자기 몫을 슬쩍 취하는 저 젊음을, 과연 꼰대와 다르다고 할 수 있을까.

신념은 홀로 세우는 것. 앞선 세대, 상대 진영과 다르다는 이유로 자리를 채워선 안 될 것 같다. 삶과 직장, 이 사회와 타인에 대해 한 사람이 정립한 가치 체계가 자리이고, 카트를 이용할 권리가 아니라 그걸 온전히 지켜낼 책임이 바로 자리이기 때문이다. 오늘도 주머니에서 동전 몇 닢을 꺼내 스낵카트로 향하는 저 노신사는 내가 존경하는 사람이다. 빵 한 조각에 커피 한 잔. 향유할 수도 있지만 결코 누리지 않는 사람. 늙도록 곧은 저 영혼이 차창 밖을 바라보며 천천히 음식을 씹는 모습이 내게는 더없는 위안이 된다.

어차피 마지막 기차역은 누구에게나 오는 법. 앉아도 불편하고 아니 앉아도 불안한 우린 지금 어디로 향하는 것일까. 자리에 대한 미련, 그걸 버리지 못한다면 우리는 기차를 지낼 만한 곳으로 바꿀 수도 없고, 스스로 마지막 기차역을 정해 영예롭게 내릴 시간도 영영 놓치게 되고 말 것이다.

제3장

무영탑

궁宮

궁宮이 열렸다. 사람들이 모여들었다. 순식간에 누군가가 들어가자 문은 다시 굳게 닫혔다.

궁은 원시적이다. 아득한 시절부터 선택된 이들만 들어갈 수 있는 곳. 세상의 갖은 꿀이 가득 가득 흐르기에 들어가면 별처럼 빛날 수 있다 했다. 소문이지만 그랬다. 그렇게 궁은 세속의 목표이자 희원이었다.

궁에 들어가기 위한 사람들의 노력은 참 눈물겨웠다. 면천免賤을 하려면 뭔가 특출해야 했다. 학문에 정진하는 이도, 재물을 힘써 모으는 이도 많았다. 어떤 이는 기예와 의술을 익혀 입궐의 꿈을 이루기도 하고 재담 하나만으로 인정을 받아 궁에 발을 들이는 이도 있었다. 궁인들은 어떤 면에서든 출중한 실력자였다. 때로 외모를 뜯어 고쳐서라도 환심을 사기도 하고, 막강한 정치력으로 세력을 얻어 입궐하는 이도 있었다. 궁인을 배출한 명문가에는 혼담이 모였고, 궁인을 둔 집에서는 출셋길이 쉬 열렸다. 자신이 이루지 못한 입궁의 꿈은 자식에게 넘겨 대代를 잇게 했다.

궁에 들어가지 않아도 행복한 사람이 있었다. '국밥장수'는 수십 년째 저 궁 앞에서 국밥을 판다. 몸뚱이들이 치열하게 뒤엉키는 인산人山의 현장에서 그는 군중의 허기를 자연스럽게 채워주며 많은 이문을 남겼다. 누구든 국에 밥을 말아 낱낱의 밥알을 씹으며 흐뭇해했다. 궁 안이든 궁 밖이든 만족의 근원은 크게 다르지 않았다. 일찌감치 입궁의 꿈을 포기한 국밥장수는 큰돈을 벌어 궁 밖에 따로 집을 지었다. 세인들은 그의 '궁'도 부러워했다.

언젠가 궁에서 사람을 많이 뽑은 적이 있었다. 궁을 개축한다 했다. 자연히 많은 일꾼들이 필요했고, 그 소식에 사람들은 뛸 듯이 기뻐했다. 그다지 비범하지 않아도 들어갈 수 있었다. 절호의 기회였다. 그때만큼 부정이 횡행했던 적도 없었다. 뭐가 어떻게 뛰어난지 알 수 없는 사람들도 모조리 입궁했다. 그러자 궁 밖은 더욱 많은 사람들로 붐볐다. 누구나 궁인이 되는 시대가 열렸다는 풍문이 장안에 파다했다.

세상은 혼란스러워졌다. 사람들은 궁문宮門 가장 가까운

자리를 사고팔았고 궁에 대한 소문은 정설처럼 굳어져 군중을 현혹했다. 궁문은 요행을 바라는 사람들로 들끓고, 언제 열릴지 모를 문에 매달려 민심은 날로 흉흉해졌다. 입궁의 꿈을 끝내 버리지 못한 이들은 유령처럼 그곳에 머물며, 생을 허비했다. 차라리 궁에 불을 지르자는 이야기도 나왔지만 어느 누구도 선뜻 나서지 못했다.

그러던 어느 날 방榜이 붙었다. 역심을 품은 궁인들이 모조리 처형되었다는 것이었다. 지난 번 궁을 개축한다며 한꺼번에 들어갔던 그 궁인들이었다. 군중은 안도하며 흩어졌다.

시간이 흐르자 궁 밖은 여전히 사람들로 북적였다.

무영탑 無影塔

게임이 시작되었다. 잠시 숨을 죽이고, 이내 패牌가 섞였
다. 보여주는 패가 먼저 놓이고, 벌거벗은 패는 시선만 현혹
했다. 꽁꽁 감춰둔 척 반만 보이는 거짓 패와 끝까지 빗장을
잠근 진짜 패, 감췄다 슬며시 흘린 패와 흘리려다 짐짓 거둬
들이는 패까지, 겁 없는 패싸움에 판돈은 점점 커져만 갔다.
말해줄 듯 아니할 듯, 보일 듯 말 듯, 이 야릇한 장난에 취해
군중은 구름처럼 모여들었다. 그러다 한쪽이 패를 들키면
순식간에 승부가 났다.

일터는 일만 하는 곳이 아니었다. 일만 하게 두질 않았다.
호사가들은 걸핏하면 판을 깔고, 꾼들을 불러 모아 게임을
주선했다. 게임은 일이 되고 일은 게임처럼 변해갔다. 일과
게임의 경계가 모호해지면, 정치가 시작되었다. 권력자들은

호사가들을 곁에 두고 라인을 만들어 세勢를 불렀다. 비선秘線조직은 숨겨둔 패, 공식 조직은 보여주는 패. 이 두 종류만 가지고도, 권력은 다양한 표정을 지으며 군중을 쥐락펴락할 수 있었다.

판돈이 커지면, 사람을 패로 쓰기도 한다. 패는 누군가의 패가 되고, 그 누군가는 다시 자신이 쥔 패의 패가 되어준다. 그렇게 패를 패로 돌려막으며 패와 패가 서로의 방패가 되면 패들은 새로운 팻감을 찾아나섰다. 비대해진 게임판이 패의 놀이터가 되는 건 순식간이었다. 그렇게 모여든 패들은 힘을 합쳐 권력이란 피라미드를 완성하고, 왕조를 열었다. 왕패는 피라미드의 정점에 올라 게임을 지휘했다.

패를 가져도 함부로 게임에 임하지 않는 사람이 있다. 누구보다 하루하루 충실히 일해온 사람, 호사가의 기교가 성실한 사람들의 업적을 지배해서는 안 된다는 소신을 가진 사람, 일터에서는 일을 해야 하고 게임은 진정 풀리지 않는 난제를 해결하기 위한 최후의 수단이어야 함을 아는 사람, 살기 좋은 세상은 진심을 다해 경영할 때 비로소 만들 수 있음을 믿는 사람, 가진 패를 정의롭고 따뜻이 쓸 줄 알고, 무엇보다 떠날 땐 가진 패 전부를 내려놓고 홀연히 돌아설 수 있는 사람은, 질척거리는 이 게임판에 한 그루 무영탑無影塔

을 전설로 남길 것이다.

패의 일터에서 팻놀이를 아니 한다는 건 아주 위험한 모험일 것이다. 기꺼이 권력의 패가 되어주거나 비밀스럽게 나만의 패를 만들어두지 않으면 게임에서 아웃되는 건 시간 문제이기 때문이다. 손도 벌릴 때 잡아야 하는 법, 타이밍을 놓치면 행운은 도리어 독이 되었다. 이상理想으로 살 수 없는 세상. 머뭇거리다 놓친 행운이 얼마나 많으며, 엉겁결에 잡은 기회도 결국 독이었다는 걸 뒤늦게 깨달은 게 또 얼마이던가. 남이 주는 사과는 아예 먹질 말아야 하는지. 분명한 건, 내가 거둔 수확은 우리 모두가 한 일로, 권력이 저지른 실책에 대해선 눈과 귀를 가리는 게, 왕패를 정점으로 한 피라미드의 규칙이었다.

왕패가 그토록 꿈꾸던 만월滿月도 한 달에 하루뿐. 정작 보름달이 뜨면 달이 기울어질 내일을 걱정했고, 비가 내리는 보름엔 달조차도 볼 수 없었다. 바람이 지나가면 세상은 고요했다. 영원한 건 없었다. 아득히 보이던 권력의 첨탑도. 패 한 장 붙이지 않은 저 무영탑도.

광장

광장 한복판에는 고목 한 그루가 서 있었다. 사람들은 나무를 향해 연신 절을 하고 있었다.

"저들은 무얼 하는 건가요?"

소년이 물었다.

"보면 몰라?"

"너도 해봐. 여기 남고 싶으면."

소년은 고개를 끄덕였다.

'남아야겠어. 광장에 꽃도 피울 거야.'

봄이 찾아왔지만 나무는 앙상했다. 소년은 나무를 향해 부지런히 절을 했다.

나무는 절대자, 광장의 신이었다. 광장에 남으려면 나무의 말을 알아들어야 했다. 거역하면 광장의 변두리로, 결국 광장 밖으로 내쳐졌다. 나무를 섬기지 않고는 광장에서 살기 힘들었다. 소년은 날마다 나무에 물과 거름을 주었다. 추운 겨울이면 짚을 엮어 둥지를 감싸주었다. 나무를 끌어안고 그럴싸한 꿈도 꾸었다.

고목 가까이엔 근사한 옷을 입은 사람들이 자리했다. 선택받은 자, 치열한 경쟁에서 살아남은 자들이었다.

"수십 년 한결같이 절을 하면 저렇게 될 수 있어."

누군가 말하자 모두 고개를 끄덕였다. 사람들은 고목 곁을 맴돌았다. 그러다 운이 좋으면 선택받을 수도 있었다. 광장에서는 이걸 성공이라 불렀다.

소년은 온통 나무 생각뿐. 광장이란 좁은 우물에 그만 갇히고 말았다. 군중은 끊임없이 모여들었다. 끝없이 절만 했다. 어깨동무를 하고 만세를 불렀다. 그런대로 괜찮은 인생, 고단하기 그지없는 바보 같은 인생, 보잘것없다고 자책하는 인생, 땀만 흘리다가 늙어버린 인생, 나무를 비난하며 등 돌린 인생조차도 나무 주위를 돌고 돌았다. 선택받은 자가 근사한 옷을 입고 나무 곁에 당당히 서면 군중은 머리를 조아렸다.

"드디어 성공하셨구면."

"저분이 저리되실 줄 나는 진작 알았다오."

그러자 소년이 한마디 쏘아붙였다.

"그러면 뭐해요. 꽃도 보이지 않는데."

"저기, 자네 눈엔 안 보이나?"

떨리는 손가락이 가리키는 곳을 소년은 바라보았다.

나무 옆엔 근사한 옷을 입은 자들이 고목의 꽃인 양 피어 있었다.

인간은 평생 무엇에 취해 사는 걸까. 무엇에 갇혀 사는 걸까. 군중이 믿는 진정한 신神은 고목도 꽃도 옷도 아닌, '광장'이란 허상은 혹 아니었을까. 소년이 고목에 물을 주는 그 광장엔 군중의 만세 소리만 반향 없이 퍼지고 있었다.

유리알 유희

배는 가라앉았다.

심심한 사내가 있었다. 어느 날 무심코 돌멩이 두 개를 집어 허공에 던졌다 받았다. 재미가 생겨 이번엔 세 개를 들고 저글링을 했다. 이것마저도 쉬웠다. 그는 돌멩이 개수를 점점 늘려갔다. 넷 그리고 다섯, 더 많은 돌도 던지게 되었다. 그는 그렇게 그만의 묘기를 완성했다. 사람들은 그 사내를 '장인'이라 불렀다.

그는 마을의 명사名士가 되었다. 그의 주변은 늘 구경꾼들로 붐볐다. 장인이 기예를 보여줄 때면, 사람들은 그를 둥그렇게 둘러싸고 끊임없이 박수와 함성을 보냈다. 흥에 겨워 돈다발을 던지는 이들도 제법 있었다. 세상의 관심, 그 뒤에는 부와 명예가 따라왔다. 그리고 포기할 수 없는 욕망이 그림자처럼 남았다.

한참이 흘렀다. 어느 날 장인은 구경꾼들이 줄었다는 걸 깨달았다. 무슨 일일까. 마을을 휘휘 둘러본 그는 깜짝 놀랐다. 저쪽에 새로운 장인이 재주를 부리고 있었다. 경쟁자 주변엔 구경꾼들이 잔뜩 몰려 있었다. 그들은 새 장인이 더 낫다며 수군거렸다.

장인은 크게 실망했다. 집안에 틀어박혀 궁리를 거듭했다. 어찌하면 좋을까. 누릴 만큼 누렸다지만 여기서 멈출 순 없었다. 그는 돌멩이 대신 유리알로 묘공妙工을 시작했다. 파격을 좋아하는 세인들은 다시 그의 주변에 몰려들어 아찔함을 즐겼다. 얼마 뒤, 새로 나타났다던 그 장인도 유리알을 들고 나섰다. 경쟁은 경쟁을 불렀고, 두 장인들은 행여 질세라 서로 더 높이, 더 많은 유리알을 던졌다. 모두 허공을 보며 환호했다. 공중에는 경쟁과 경쟁이 뒤엉켜 '한 시대'를 만들고 있었다.

세상은 그 묘기를 '유리알 유희'라 불렀다. 저마다 두 장인들을 본받아 유희를 익혔다. 마을에는 유리알을 만드는 공장까지 들어섰다.

사람들이 원하는 유리알이란 유별날 게 없었다. 수요가 뻔해 대량생산도 쉬웠다. 그럴듯한 성적, 빠지지 않는 대학, 예쁜 외모와 누구나 알아주는 명품, 남부럽지 않은 직장에 좀 이기적이다 싶은 혼인, 거기에 부모의 후광까지 더해 사람들은 자기 색깔을 잃은 채 소위 '성공'이라 불리는 유리알 묘기의 달인이 되어갔다. 유리알로 무엇을 한다는 게 더 이상 특별할 것도 없었지만, 그 누구도 손에서 유리알을 놓지 못했다. 사람들은 자기에게 없는 색깔의 유리알을 찾기 위해 헤매고 또 헤맸다. 마을 장터는 필요한 색깔의 유리알을 맞바꾸려는 사람들로 넘쳐났다.

마을 어귀에는 평생토록 유리알 한번 만져보지 못한 이들이 모여 살았다. 함부로 유리알을 다루다 실수로 깨뜨려 변방으로 밀려난 사람들도 제법 있었다. 평생 한 가지 색깔의 유리알들만 줄기차게 모으는 희한한 사람들도 그곳에 자리를 잡았다.

시간이 갈수록 유리알을 가진 사람들끼리만 모이는 일이 잦아졌다. 색깔별로 유리알을 갖춘 사람들은 마을 중심부에 엉겨 살았다. 그들은 자손을 낳았고, 그들의 아이들은 저글링을 하기도 전부터 유리알을 떨어뜨리지 않아야 한다는 압박감 속에서 남보다 빨리 돌려야 앞설 수 있다는 걸 먼저 배웠다. 유리알을 돌릴 능력이 없으면 삯이라도 얻어 기어이 해내고야 마는 게 그들의 삶이었다. 유리알은 세습되었고, 마을에는 경쟁과 선점의 삶이 미만彌滿했다.

세상에는 두 가지 일이 있는 것 같다. '할 수 있는 일'과 '할 수 없는 일'. 우리는 할 수 있는 일조차 하기 싫어 할 수 없다 말하고, 할 수 없는 것에 지나치게 마음을 쓰다 할 수 있는 일조차 할 수 없는 것으로 만들어온 건 아니었을까. 협업과 동업이라는 허명 뒤에서 다른 사람들로부터 일방적인 도움을 얻으려고만 하는 이들이 많아질수록, 수많은 땀과 희생으로 일궈낸 오늘의 세상은 점점 어지러워지는 것 같다. 돌릴 수 있는 개수만큼만 집어 유리알을 돌리고, 유리알로 저글링을 할 수 없다면 고무공으로 자신만의 기예를 완성하는 진정한 장인들이 사는 세상. 모두가 유리알 유희를 즐기지 않아도 되는 그런 세상을 꿈꾸어 본다. 할 수 있는 것만 모두 했더라도 세상은 분명 지금보다 더 살기 좋아졌을 것이다.

배가 가라앉았다. 안타까운 생명들이 무참히 소멸되어갔다. 할 수 있는 일을 다 하지 못해 그 배도 영영 가라앉았다. 그래도 마을 하늘에는 여전히 유리알들이 춤추고 있었다.

광화문 정경

신은 빛을 냈지만 어둠을 없애진 않았다. 한손엔 빛을 다른 한손엔 어둠을 쥐고 태어난 인간은 생을 통해 박명薄明을 거닌다. 어둠을 지우려 빛을 찾지만 어둠은 잠시 가려질 뿐이었다. 운명은 흑백의 무명옷을 입고 우리를 찾아오곤 했다.

총성이 울리고. 그의 신화가 완성되었다. 링컨의 뻥 뚫린 뒷골에서 솟아난 피는 전장으로 흘러가 수십만 주검이 토한 핏물과 뒤엉켜버렸다. 빛과 어둠, 그 사이에서 조야朝野의 추앙과 조롱을 한몸에 받던 난세의 정객政客은 그렇게 빛의 세계로 승천했다. 무참히 잘려나간 병사들의 팔다리가 켜켜이 쌓인 산야의 울음을 뒤로 하고.

링컨은 연방의 결속을 위해 노예해방이란 빛과, 전쟁이라는 어둠을 번갈아 저울질하며 민주주의의 이상을 멀리 구현했다. 헌법을 고쳐 노예제를 온전히 없앴지만 남부에 대한 잔혹한 살육을 방관하며 전쟁 내내 명과 암을 넘나들었다. 모든 게 잿더미로 변한 애틀랜타에서 스칼렛은 "내일은 내일의 태양이 뜬다"라고 했지만, 그건 오늘 기대할 건 아무것도 없단 뜻이기도 했다. 얼마 뒤 링컨은 재선再選에 성공했다.

그가 죽은 포드극장에는 지금도 미국인들의 엄숙한 행렬이 줄을 잇는다. 오늘날 이 강국의 초석을 놓은 지도자에 대한 경의가 아닐는지. 링컨이 쓰러진 객석, 그 노대露臺에 걸린 성조기엔 빛이 가린 어둠과 어둠이 덮은 빛이 나란히 달리고 있었다.

링컨이 숨질 무렵, 조선은 임진왜란으로 불탄 경복궁을 다시 짓기 시작했다. 대원군은 훗날 '명성황후'로 불린 민자영을 며느리로 점찍었다. 국운을 기울게 했던 육십 년 세도정치에 칼끝을 겨누고 왕도정치를 재현하려는 그의 이상은 척신戚臣들에게 핍박받던 왕실과 백성들의 지지를 고루 받았다.

그러나 조선은 그동안 너무 많은 시간을 허비했고 대원군은 시계를 거꾸로 돌리려고만 했다. 명문대족이 실각했지만 그가 꿈꾸는 조선은 오지 않았다. 소수가 독점하는 사회. 그 소수에게 빌붙어 손쉽게 성공하는 사회는 계속되었다. 왕도의 이상은 빛을 잃었다. 박제가 된 꿈을 어둠이 덮었다. 무리한 공사에 백성의 허리는 다시 휘었다. 민초들은 여전히 험준한 설산雪山을 오르고 있었다.

아버지란 태양에 가려 그냥 용상에 앉아 있던 고종은 부친 못지않은 아내의 빛도 감당해내지 못하며 스스로 꿈꾼 자주 제국이 가라앉는 걸 맥없이 지켜보았다. 권력이란 빛을 쥐고자 자웅을 겨루던 시아버지와 며느리의 진검승부를 적절히 활용했던 열강의 침탈 속에 대원군이 표방한 척화와 쇄국은 명분과 실리를 모두 잃었다. 왜검이 국모를 시해했다. 빛이라 믿은 빛이, 빛이 아니어서 슬펐던 나라. 조선은 그렇게 암흑 속으로 기울었다. 한민족의 한恨은 아리랑이 되었다.

무너진 광화문을 대강 세웠다가 한참 뒤 다시 지어 올렸다. 굶주림과 억울함. 세계는 아랑곳하지 않고 빠른 속도로 변해갔다. 폐허가 다시 폐허가 된 땅에서 한국인은 대단한 결속력으로 검은 장막을 걷어젖혔다. 제법이라고 웃으며 지켜보던 세계인들의 얼굴에서 웃음기가 가신 지도 꽤 되었다. 실리를 택한 결과였다. 한손에는 희망, 다른 한손에는 절망을 끊임없이 저글링하며 경제화와 민주화라는 빛을 차례로 움켜쥐었다. 그 빛이 가져온 뜻밖의 그늘이 짙어지면서, 저 광화문 앞에 마주선 빛과 어둠은 이제 새로운 달리기를 시작하고 있다.

광화문엔 내 유년과 젊은 날이 고스란히 묻혀 있다. 아버지를 잃고 방황할 때도, 대학 문을 밀고 들어갔을 때도, 사랑에 취하고 우정에 속았을 때, 운명이 빛을 주었다 빼앗을 때마다 난 거길 거닐었다. 어둠을 지우려고만 했던 나의 어리석음을 궁문은 물끄러미 바라보고 있었다.

포드극장, 거기 미국의 빛과 그늘이 공존한다. 구한말의 흥망과 굴곡진 현대사를 말없이 끌어안은 광화문은 멀리 삼산三山에 둘러싸인 채 오늘도 아늑히 하늘을 이고 있다. 그 하늘 너머에서 느낀 한국의 위상은 우리 생각보다 더 높은 곳에 있었다. '우린 그냥 중진국'이라 자조하는 사이 광화문이 이고 있던 하늘은 제법 높아졌다.

친분이 있던 이곳 대학의 네덜란드 출신 교수님은 한국의 강점으로 각 나라의 장점을 두루 조합할 줄 아는 영리함을 뽑았다. 한국 하면 누구나 인정하는 확실한 조커가 아직 없음에도 분단국의 불리함과 외국인들에겐 다소 높게 느껴지는 언어장벽을 극복하고 굴기崛起할 수 있었던 건 그 때문이란 거였다.

정작 그런 나라에 살고 있는 내 친구는 여긴 헬조선이라 투덜거린다. 많은 걸 이뤘지만 빠른 성장을 위해 놓치고 빼

먹은 벽돌들도 제법 있기 때문이다. 경제와 정치를 앞세우다 문화가 뒷전으로 밀려난 탓도 있을지 모르겠다. 명사名士들은 넘치지만 정치논리와 경제이익에 쉬 좌우되지 않는 정신적 구심점이 우리 사회에 박약한 건, 선진국들과의 가장 큰 차이점이었다. 갑의 횡포가 흙수저들의 공분을 사는 사회에서 멈추고 꺾인 청춘들의 꿈속엔, 내가 이십대에 일찌감치 버린 꿈도 있다. 다행히 밥그릇을 부여잡았지만 그건 그냥 밥그릇이지 빛이 아니었다. 만인이 호인이 아닌 세상에서 우린 만인에게 호인이 되기 위해 양심을 버린다.

대국의 자부심이 약점이어도 가진 게 많은 중국, 혁신에 약하지만 칭찬에 약하지 않은 일본, 제 나라를 마뜩찮아 하면서도 끔찍이도 사랑하는 미국과 우린 앞으로도 무수한 빛과 그림자를 주고받으며 달려갈 게다. 선대先代의 피땀이 배인 바통을 이어받으며 빛을 쥐면 반드시 어둠도 쥐게 된다는 역사의 가르침을 잊지 않으려 한다.

포드극장의 명암처럼 우리가 남길 빛과 어둠이 또다시 저 궁문에 아로새겨질 테지만, 좀 떳떳하려면 빛다운 빛을 쥐어야 할 것 같다. 꿈을 꾸고 그 꿈을 향한 간절함으로 처음 그 소신을 지킬 수만 있다면 광화문은 지금보다 더 높은 하늘을 이게 될 것이다.

군무群舞

달이 뜨면 군무가 시작되었다. 누군가 춤사위를 만들자 낱낱은 그걸 따라했다. 춤과 춤이 도열하면 볼품없는 춤도 그럴듯해졌다. 그래서 우리는 '우리'라는 착시를 좋아하는가 보다.

진보와 보수. 우리는 오랜 세월 진영을 나눠 춤을 추었다. 익숙한 솜씨로 세상을 가르고 긴 소매를 뻗어 민낯을 가렸다. 부끄러운 이념의 날개는 전쟁의 참화 속에서 살아남아 독재의 암막 뒤에서 만개했다. 날갯짓엔 서슬 퍼런 날이 서렸다. 굶주림은 면했지만 양심은 새장에 갇혔다. 또 다른 춤이 출현했고 견고한 이념의 띠를 이뤘다. 꼬박 삼십여 년. 그 거대한 군무가 피라미드 같은 이 사회의 계단을 하나씩 오르는 동안 정상으로 향하는 문은 서서히 닫혔다. 굳게 닫힌 문 앞에서 흙수저는 힘껏 노력해도 금수저가 될 수 없었다.

　이젠 586이 된 386. 그들의 군무가 남긴 유산을 바라보며 의아했던 점이 있었다. 젊은날 이들이 이룬 군무 속에 정작 그들 자신의 춤은 있었던 걸까. 시대가 권한 군무에 취해 누군가를 따른 설익은 춤이었다면 평생 처음 같긴 어렵기 때문이다. 우리가 이룩한 민주화란 공존이기보단 병존일 뿐. 춤은 편을 갈랐고 한번 결집된 군무의 사슬은 결코 풀리는 법이 없었다. 어쩌면 이념이란 것도 기득권이 가졌던 한낱 취향에 불과한 것일지 모르겠다. 달콤한 권위의 사슬에 묶여 이제는 만취해버린 반백의 취객들이 마구 흔들어대는 농익은 저 어깨춤은 오늘 또 어떤 군무를 이끌고 있는가.

　달이 뜨면 낮은 골짜기에도 하얀 달빛이 내려앉을 줄로만 알았다. 하염없이 내리막을 걷던 사람들은 잠시 하늘을 올려보았다. 개혁은 언제 들어도 가슴 벅찬 말. 역사는 진보한다는 믿음. 어제보다는 나은 내일이 기다린다는 희망. 분연히 일어나 개혁을 이루어내자는 열망이 들불처럼 번지면 군무는 날개를 달고 밤하늘을 수놓았다. 하지만 앞장서 개혁을 부르짖던 이들도 정작 오르막을 걷기 시작하면 돌연 변하곤 했다. 볕이 들면 마음도 바뀌는가. 스텝은 꼬이고 춤은 변했다. 개혁의 장場이 선 그날, 그들은 가장 먼저 타협이란 춤사위를 배웠다. 달은 빛을 잃었다.

어둠이 대지에 몸을 누이면 별빛이 아른아른 풀잎을 어루만진다. 여태 잠들지 못한 가슴을 들어 깜깜한 하늘을 쓸어본다. 희미한 별빛, 머언 희망. 신기하게도 별들은 늘 그 자리에 그대로 있었다. 저 별은 인생은 알아도 세상은 다 모르는 어머니가 찍어준 별, 꿈을 꾸었지만 이제는 체념해버린 스승님이 찍어준 별, 군중으로부터 호되게 돌을 맞은 입바른 선배가 안타깝게 찍어준 별, 그 점들을 모아 이 세상에 구현될지 알 수 없는 나만의 별자리를 만들어본다. 그 별자리도 우주의 수많은 별들 사이에서 결국 스러져버릴 테지만, 별이 있음으로 이야기가 탄생하고 그 이야기가 남아 나 같은 풀잎을 위로하고 감싸길 꿈꾸어본다.

진영이 옷이었다면 이권은 그 실체. 달이 빛을 잃고 구름 뒤로 숨은 건, 달이 달이 아닌 빛이 되고자 했기 때문은 아닐까. 자신의 춤에 앞서 군무부터 익히기 바빴던 임금이 이념의 옷을 입고 군중 앞에서 춤을 추기 시작하면, 군중은 이성을 잃고 군무는 달아올랐다. 거센 춤바람이 몰고 온 탁한 흙먼지에 인간의 가치는 훼손되게 마련이었다.

진학도 취업도 결혼도 힘든 이 시대 젊음은 이념이 아닌 '수저'를 들고 세상을 본다. 이들이 수저란 굴레에서 끝내 헤어나지 못한다면, 후일 우리는 달이 사라진 나라에서 살아야 할지도 모른다. 청춘은 흔들릴 수 있다. 하지만 이 시대 청춘이 흔들리는 건 그들이 청춘이어서만은 아니다. 모두 빛이 되려는 시대. 빛도 아닌 빛을 수저에 담아 자식에게 물려주려는 시대. 오늘 청춘의 춤사위는 어디로 향해야 할까. 희미해도 늘 그 자리에서 말없이 풀잎을 어루만지는 별처럼, 빛의 빛이 아닌 빛의 어둠이 되고자 했던 이름 없는 위인들처럼, 청춘은 먼저 자기 자신의 춤을 추어야 한다. 허상에 취해 아름다운 이 밤을 헛되이 보내진 않아야겠다. 밤이 깊어간다. 아직도 군무는 계속되는가보다.

제4장

한여름 밤의 꿈

킹메이커

한여름 밤의 꿈

컵밥

벽

킹메이커

진심의 힘은 생각보다 강하다. 친교가 상대의 마음을 얻는 것부터 시작하듯 비즈니스 세계에서의 게임도 상대의 진심을 이해하는 것부터 시작한다. 상대의 복심을 읽으면, 그가 고심 끝에 두는 한 수에 담긴 '명분'과 '실리'를 온전히 알 수 있기 때문이다.

꼭 일 년이 되었다. 이곳 애틀랜타 공항에 첫 발을 디뎠을 때로부터. 이 나라는 어떻게 강할 수 있을까. 비행기 바퀴가 활주로를 밀고 긁기를 반복할 때 그런 생각에 잠겨 있었다. 그리고 나의 유학생활은 그 물음에 대한 답을 찾는 과정이라 여겼다.

오 년 전, 오바마 대통령은 한 결의안에 서명했다. 핍박의 시대를 청산하는 뒤늦은 사과였다. 그가 서명하기 전 의회가 결의했던 그 문서에는 아메리카 원주민인 인디언에게 미국이 저질렀던 폭력과 억압의 행위에 대한 미안함이 담겨 있었다. 민주주의가 이곳 미국 땅에 뿌리내린 지 두 세기도 더 지나 이루어진 일이었다.

애틀랜타 북쪽으로 난 도로를 따라 자동차로 서너 시간쯤 달리면, 스모키산 국립공원에 다다른다. 이름 앞에 그레이트Great라는 단어를 꼭 붙여주는 이 산은, 테네시와 노스캐롤라이나 주에 걸쳐 넓게 펼쳐져 있다. 백두대간 끝자락에 솟은 지리산이 남도를 넉넉하게 품는 것처럼, 스모키산 역시 험준한 애팔래치아 산맥 꿈티에 올립해 미국 동남부를 드넓게 아우른다.

이곳은 본디 체로키 인디언들의 터전이었다. 체로키인들은 서구의 문화를 받아들이고 백인들과 자연스럽게 피를 섞기도 하면서, 새로운 나라 미국에 요령껏 적응해갔다. 이들은 가장 서구화된 인디언 부족으로 백인들과의 관계도 우호적이었다.

그러나 이곳에서 금이 발견되면서 사정은 급격히 달라졌다. 때마침 국가의 기틀을 마련하고 있던 미국은 아메리카 대륙에서의 영토 확장을 꾀했고, 금은 개척자들의 발걸음을 재촉하는 더없이 좋은 수단이었다. 더구나 스모키산 근처 강에서 발견되는 조약돌 모양의 금은 순도도 높았다. 체로키의 어린이가 장난삼아 가지고 놀던 이 돌을 한 백인 아저씨에게 팔면서 이곳에 금맥金脈이 있다는 소문이 퍼졌다. 그후 백인들은 본격적인 개발을 위해 주인을 내쫓을 궁리를 했다. 인디언에 대한 강제 이주는 그렇게 시작되었다.

체로키 부족 역시 만만치 않았다. 체로키인들은 의로운 몇몇 백인들의 도움으로 연방대법원에 위헌심판을 청구했다. 그러나 법원의 판결과는 무관하게 그 정책은 강행되었다. 결국, 체로키인들은 오랜 터전이었던 스모키산에서 쫓겨나 '인디언 보호구역'이라는 허울 좋은 우리 안에 갇히고 말았다.

인디언 보호란 명분과 황금이라는 실리를 양손에 쥔 왕의 준엄한 결정에 군중은 침묵했다. 소수가 목소리를 내보기도 했지만 대세를 꺾을 수는 없었다. 여럿이 모여도 나약한 게 군중의 심리였다. 그렇게 이주는 시작되었다. 걸을 수 없는 노인도 걸어야 했고 주린 배를 움켜쥔 아이도 걸어야 했다. 걷다 지쳐 죽으면 그 자리에 묻혔다. 봉분封墳도 없는 무덤이 지천에 깔렸다. 체로키 인디언들이 울며 걸었던 이 길을 '눈물의 길'이라 부른다. 스모키산 왼쪽으로 오클라호마 주까지 이어진 이 슬픈 길에서 숱한 주검들이 덧없이 사라졌다.

남부 교통의 중심인 애틀랜타로부터 남북으로 곧게 뻗어 최남단의 마이애미와 캐나다 국경을 잇는 I-75란 이름의 고속도로는 바로 이 '눈물의 길'을 가로지른다. 개발은 눈물마저 갈랐다. 그렇게 한 시대가 저물었다. 하나가 일어섰고 다른 하나가 처참히 무너졌다.

지금 인디언 보호구역에 정작 그들은 없다. 체로키 인디언들은 우리 밖으로 뛰쳐나와 미국 사회에 스며들었다. 엘비스 프레슬리와 영화 〈늑대와 춤을Dances with wolves〉에 출연했던 케빈 코스트너도 그런 체로키 인디언의 후예였다. 한편, 강제 이주 시절 백이와 숙제처럼 왕의 서슬 퍼런 눈을 용하게 피했던 이들의 후손들은 지금 스모키 산기슭에 작은 부락을 이루어 간신히 문화를 보존해 살아가고 있다. 이 마을은 우리 민속촌처럼 관광지로 개발되어 그때의 슬픔과 아직 치유되지 않은 오늘을 함께 보여준다. 주인이 눈물을 쏟으며 쫓겨난 자리는 금을 보며 히죽거리던 민주주의의 왕이 차지했다.

태평양전쟁이 일어났다. 일본이 뽑은 칼이 아시아를 넘어 미국을 겨눈 사건이었다. 장정들이 끌려갔고 앳된 소녀들도 끌려갔다. 전투를 앞둔 칼날은 소녀들을 차례차례 욕보였다. 그러다 병이 나면 버렸고 도망치면 잡아 죽였다. 행여 목숨을 부지해 돌아온 대도 소녀들의 한은 위로받지 못했다. 금빛 욕망이 은은한 달빛마저 가린 밤이면 능욕당한 여린 별들의 비명이 안타깝게 스러져갔다. 그릇된 야망이 하늘을 뒤덮은 밤, 많은 지식인들이 굳게 침묵하면서 진실은 자취를 감췄다. 의인은 늘 뒤늦게 나타났다.

그러는 사이 전쟁이 끝났다. 새로운 질서가 시작되었다. 패자는 무릎을 꿇었다. 모든 잘못을 자복하기도 전, 이긴 자는 진 자를 일으켜 세우고 입던 옷까지 벗어주었다. 진 자는 그 옷으로 재빨리 치부를 가리고 거드름을 피웠다. 시간이 흘러 소녀들은 나이를 먹었고 하나둘 세상을 떠났다. 그렇지만 그 후예들은 모르는 일이라 했다. 눈을 부릅뜨며 중죄가 있느냐고도 물었다. 그렇게 비겁한 침묵은 계속되었고 진실은 또다시 자취를 감췄다. 그들은 '모르쇠'라는 옷을 입고 이 시대를 누비고 있다.

진심은 무엇이었을까. 힘을 잃고 뿔뿔이 흩어진 인디언들. 그들을 위한 뒤늦은 사과는 힘센 자의 멋진 손짓에 불과할지도 모른다. 시대가 바뀌자 왕은 옷을 바꿔 입었고 군중은 그런 왕을 향해 환호했지만, 정작 인디언들이 다시 아메리카의 주인이 될 수는 없었다.

달빛은 손으로 쥘 수 없다. 목이 마를 때 샘은 솟지 않고 가지고 싶은 건 목마름이 잊힐 무렵 나타나곤 했다. 필요가 사라질 때 비로소 필요는 품에 안겼고, 지혜는 그 엇갈림의 순간을 예비하는 걸 이르는 말이었다. 현인賢人은 그 순간들을 위해 옷을 마련해두고 적절한 순간마다 옷을 갈아입었다. 그 옷 중에는 보이지 않는 것도 많았다. 적기를 찾아 그럴듯한 명분을 앞세워 분위기에 딱 맞는 투명한 의상을 기막히게 골라 입는 자, 그가 실리를 챙겨 왕좌에 올랐다.

일본이 참혹한 역사를 부인하고 사죄하지 않는 건 그들 곁에 왕이 있고, 그 옆에 또한 우리가 서 있기 때문일지도 모른다. 이제는 늙고 병든 여린 별들이 서서히 빛을 잃고 생명을 다하는 이 순간에도, 그들은 여전히 나라 안팎의 눈치를 살핀다.

필요할 때 필요한 걸 쥐어주면 그 필요는 진정한 힘이 된다. 보이지 않는 옷을 걸치고 알몸으로 무대를 활보하는 이웃 나라의 잘못된 걸음을 멈추는 길은, 진심도 없는 사과를 받기 위해 애쓰기보다는 스스로 강해지는 것이라 믿는다.

오늘도 장군과 멍군을 주고받는 동북아시아의 세 나라는

공통점이 많다. 각국 학생들이 모인 이곳 비즈니스스쿨에서 그 점은 더욱 두드러진다. 하지만 그만큼 가치를 둘러싼 서로 다른 시각은 우리가 맞서게 될 미래를 예견하게 한다. 욱일旭日 문양의 머리띠를 멋으로 두른 서양 학생에 대한 세 나라 학생들의 반응은 각기 달랐다. 결국, 명분은 실리를 거들기만 하면 되는 것일까.

미국의 힘은 명분과 실리의 조화에 있는 것 같다. 때로는 명분을 앞세우고 때론 실리를 챙기며 각국의 심리를 말[馬]로 삼아 장기를 두는 노련한 나라 미국은, 자신의 왕좌를 지켜줄 킹메이커를 찾는지도 모른다. 아시아의 성실함과 세밀함을 칭찬하지만 실리가 있는 곳에서 그들의 요밀要密함은 돋보였다. 그렇게 미국이 내려놓는 한 수에 따라 각국의 명분과 실리가 요동쳤다. 시간은 흘렀지만 역사는 오늘 내가 서 있는 이 장기판에도 여전히 숨 쉬고 있었다.

분기憤氣만으로 별들의 눈물은 온전히 닦이지 않는다. 밤하늘의 은하수, 그 눈물의 강을 보며 명분을 거들 실리를 찾아본다.

한여름 밤의 꿈

경기가 시작되었다. 관중들이 'A-T-L'을 연호하자 애틀랜타 팰컨스Atlanta Falcons의 홈구장, 조지아돔Georgia Dome이 통째로 흔들렸다. 수만의 사람들이 모여들자 군중의 거대한 함성은 나팔처럼 생긴 경기장 천장을 지나 하늘에 닿았다.

금발의 치어걸들이 하얀 다리를 뻗으며 자극적인 군무를 마치자 경기장 안은 아예 다른 세계로 변해버렸다. 장내 아나운서의 화려한 입담 속에 하늘에선 홈팬을 위한 기념품들이 꼬마 낙하산을 타고 쏟아져 내렸다. 경기장 관중석을 빙두른 전광판에서 화려한 폭죽이 터지고 사람들은 만세를 불렀다. 모두 자리에서 일어나 하늘에서 떨어지는 떡을 거저 먹었다.

공짜 선물로 한껏 기분이 좋아진 관중들은 잠자던 지갑을 꺼내 돈을 펑펑 쓰기 시작했다. 소비는 전염되는가. 사람들은 방석만 한 피자를 주문했다. 선수들의 몸싸움이 치열해질수록 그들은 열광했고, 마른 목구멍을 채우기 위해 너도나도 마실 것을 주문했다. 피자에 핫도그에 팝콘을 입에 구겨넣고 자기 팀을 응원했다. 이윽고 팰컨스 선수가 터치다운 touchdown에 성공하자 아빠는 아들을 번쩍 들어올렸다. 옆에 있던 내게도 악수를 청했다. 축하한다고. 낡은 셔츠를 걸친 그는 자신을 쏙 닮은 아들에게 오늘 저녁은 이 아빠가 쏜다고 소리쳤다. 아이는 신이 나서 더 큰 소리로 팰컨스를 외쳤다.

내일이 없는 오늘만큼 비참한 날도 없지만, 내일의 무게에 눌려 빛을 잃은 오늘만큼 슬픈 날도 없다. 추레한 차림의 그 아버지는 그날, 아들에게 어떤 근사한 저녁을 사줬을까. 입장권 두 장을 구하기 위해 그는 무얼 포기했을까. 하루에 얼마를 벌어 생활이란 무거운 수레바퀴를 굴리는 건지. 부와 명예, 우리 사회가 소위 스펙이라 부르는 카드들 중 그가 손에 쥔 건 과연 몇 장이나 될지. 내일이 어두워 보이던 그가 용감히 지갑을 여는 오늘이 왜 그리 부러웠을까. 행복은 과연 어디서 오는 걸까.

또래끼리 모이면 어릴 때가 좋았다는 말을 자주 한다. 어린 시절을 한가롭게 추억하는 말이 아니다. 세상을 알게 되면서 두 어깨를 짓누르는 삶의 무게를 느낀다는 말이기도 하겠지만, 다른 한편으로는 세상이 변했다는 뜻이기도 하다. 적어도 내 또래의 젊음은 장터에서 나물을 파는 아주머니의 아들이 깜짝 놀랄 만큼 영특해서 그 어려운 고시를 당당히 합격하는 걸 신문에서 자주 보고 자랐다. 삶은 단순하고 명료했다. 노력은 결코 인간을 배신하지 않는다는 거였다. 학력에 따른 차별은 존재했지만, 그걸 취하는 방법은 분명했고 시험이라는 규칙이 존재했다. 땀방울은 헛되이 흐르지 않는다는 굳건한 믿음, 하면 된다는 신화가 괜한 호언지기는 아니었던 시절이 분명 있었다.

그래서일까. 한국인은 내일을 위해 오늘 즐거움쯤은 꾹 참는 일에 무척 익숙한 것 같다. 돈이 생기면 저축을 먼저 생각하는 우린, 제 삶과는 별 상관도 없는 터치다운에 감동하는 그 부자父子와는 사뭇 다르게 살아왔다. 전쟁을 겪은 조부모가 그랬고 전후 산업화를 일궈낸 부모가 그랬고 민주화를 위해 몸을 던진 선배들도 그렇게 살아왔다. 그런 선대를 본받아 이 시대의 젊음들은 대학에 들어가면서부터 스펙을 쌓기 위해 노력하고, 긴 명절에도 특강을 듣기 위해 강의실을 전전하고, 컵밥으로 간신히 끼니를 때우며 오늘이란 하루를 건딘다. 내일에 대한 계획이 서지 않으면 장기판에서 쉬 말[馬]을 움직이지 못하는 한국인. 성장의 논리는 큰 걸 위해 작은 것들이 희생되는 아픈 역사를 쉽게 정당화했다. 그래서 빨리 발전했지만 그랬기에 상처도 많은 우리에게 행복이란 무엇일까.

지난 겨울, 이대로는 절대 행복할 수 없다고 생각한 사람들이 손에 촛불을 들었다. 광장을 가득 메운 사람들 중에는 내 또래의 여문 젊음들도 제법 있었지만 인생의 여름을 채 맞이하지 못한 풋풋한 청년들도 많았다. 그런 젊음들 곁에는 헬조선이라 자조하는 청춘을 위로하고 꾸짖던, 노력으로 한강의 기적을 일군 주인공들도 함께 섰다. 단내나는 인내조차 내일을 약속하지 못하는 세상, 기득권과 그 팬들을 위해 존재하는 것 같은 세상, 피지 못한 어린 생명들이 바다 밑으로 가라앉아도 진실은 여전히 묘연하기만 한 이 세상에 대한 분노가 조용히 타올랐다.

가을을 꿈꾸며 봄과 여름을 묵묵히 견뎌내던 청춘들에게 세상은 가혹했다. 희망의 사다리도 내려주는 듯했지만, 더 큰 좌절을 함께 안겼다. 땀의 의미를 가르쳐왔던 기성세대도 할 말을 잃기는 마찬가지였다. 행복으로 가는 계단은 더 높아졌고 중간에 잘려나간 몇 단을 뛰어넘기 위해서는 꽤 굵은 밧줄이 필요해 보였다. 부푼 꿈은 한낱 몽상으로 전락했고, 꿈을 잃은 청춘이 사는 사회에서 내일은 기약하기 어려웠다. 가을을 위해 여름쯤은 꾹 참고 버티던 고단한 삶들의 신음은 한층 깊어졌다. 행복의 요정이 발붙일 틈은 더더욱 없어 보였다.

행복은 뿌리 깊은 삶에서 우러나온다. 효율을 최고로 치는 기계적 가치, 황금알을 낳아야 의미를 부여하는 근시안, 당장 탈이 없으면 별일 아니라 치부하는 안일함, 작은 것에는 감사할 줄 모르는 오만, 앞서지 못하면 실패로 단정짓는 단순한 세계관과 능란한 이념의 이분법이 이 사회를 지배하는 한 우리는 또다시 촛불을 들어야 할 게다.

삶은 생의 옷감을 굽이굽이 펼쳐 행복이란 무늬를 수놓는 건지도 모른다. 운명은 무늬를 새기는 인간을 늘 시험한다. 시대는 재능을 알아주지 않고, 타인은 내가 비춘 빛보다 그 빛이 만든 그늘에 더 주목한다. 가난에 찌들었던 슈베르트는 기타로 작곡을 했고, 문단의 찬사를 받았던 도스토옙스키는 돈이 없어 헐값에 원고를 써야만 했다. 천재 화가 고흐의 해바라기를 그의 시대는 외면했지만, 그때의 편견을 벗은 이 시대는 그를 최고로 꼽는다. 껌종이나 끄적거리던 이중섭을 몰라보던 어제를 돌아보는 오늘, 탁발卓拔한 누군가를 무명無名이라는 이유, 별 볼 일 없다는 이유로 쉬 무시하고 또다시 외면하는 우리는 과연 누구인가. 운명이 허락했을 여든쯤의 일생. 이제 막 초여름에 접어든 내 나이쯤 허무하게 죽어갔을 이름 없는 이들에게 세상은 얼마나 야속한 것이었을까.

셰익스피어의 걸작, 「한여름 밤의 꿈」은 사랑의 묘약 때문에 쫓던 사랑이 쫓기기도 하고 쫓기기만 하던 사랑에게 아무도 쫓아오지 않는 웃지 않을 수 없는 상황이 익살맞게 그려진다. 해피엔딩이기에 믿고 보는 웃픈 이 이야기는 내가 겪은 사랑 이야기와 꼭 닮았다. 사랑하지 않아 쫓겨 다니다 그게 사랑인 줄 깨닫고 뒤늦게 달려가보면 그 사랑은 어느새 다른 사랑을 뒤쫓고 있었다. 그렇게 운명은 각기 다른 기차에 젊은 남녀들을 태우고 요리조리 장난을 치는지도 몰랐다.

기다림이 그리움으로 새하얗게 바뀌고. 운명이 당긴 불꽃이 태우는 나의 여름도 이제 얼마 남지 않았음을 문득 깨닫는다. 끝을 알기 싫을 만큼 고독해도 이게 다 과정이겠지. 그저 넓고 깊은 눈을 갖고 싶어 홀로 노력했던 그간의 땀이 남은 여름, 각별한 노력으로 먹을 수 있을 만큼의 열매로라도 익어가길 바랄 뿐이다.

남과 경쟁하듯 살아온 삶은 결국 후회를 남기곤 했다. 타인이 아닌 나의 한계를 넘기 위해 살아온 인생이라야 가치가 있는 거였다. 타인을 이기는 것이 아닌 남과 달라지려는 삶. 나를 뛰어넘고, 그걸 넘으면 서 있는 또 다른 나를 넘다 보면 어느새 나는 '큰바위 얼굴'도 돼 있을지 모른다는 생각이 든다. 남들은 다 하는데 나만 유독 하지 못한 일들에 늘 아쉬워하는 우린, 나는 해냈지만 남이 하지 못한 일에 왜 그리 인색한 걸까. 인생은 하나같을 수 없는데 우리는 모두 비슷해지려고 한다. 그걸 행복이라 착각하고 앞으로, 앞으로만 달려가는 게 우리의 여름날일지 모른다.

한여름 밤이 되면 꿈을 꾼다. 행복의 요정이 살며시 다가와 눈가에 꽃즙을 발라주면 스르르 잠이 들었다. 꿈속에서도 내 인생처럼 이른 장마가 시작되었다. 처마 밑 돌화분에 빗물이 고이고 동동 뜬 물옥잠 날개 밑으로 비를 피해 숨어든 요정들이 잠시 고단한 몸을 누인다. 소나기가 지나가고. 촉촉한 해가 활짝 웃으면 갠 하늘에 무지개가 건반처럼 펼쳐진다. 파랑새들이 바람의 오선을 따라 하늘로 날아오르면, 설렘은 내 손을 꼭 잡아주었다.

꿈을 깨면 난 다시 세상으로 돌아갈 게다. 내가 이룩한 것보다 이루지 못한 일에 더 관심을 가지는 타인들이 사는 일터로. 아니, 세상이란 숲으로.

컵밥

허름한 천막 안, 여기는 천 원짜리 두세 장이면 넉넉히 한 끼를 먹을 수 있는 곳이다. 스티로폼 컵에 더운밥 한 주걱 큼직하게 담고 김가루를 눈처럼 뿌려준 뒤 볶은 김치에 스팸, 계란을 고명으로 얹으면 밥 한 그릇, 아니 밥 한 컵이 금세 완성된다.

밥과 반찬이 모두 컵 하나에 들어 있어 소위 'all-in-one'이란 신개념이 투박하게 구현된 셈인데, '1인 1컵'이라는 콘셉트가 강해 그나마 몇 종류 안 되는 반찬조차 옆 사람과 나눠 먹기 좀 그렇고 밥이 부족해도 주인에게 걸근거리기도 쉽지 않은, 그래서 서로를 멀거니 바라보거나 말을 주고받는다는 건 감히 생각할 겨를도 없이 나란히 매판 앞에 일렬로 서서 오로지 먹는 일에만 집중하게 되는 지극히 현대적인 음식. 오 분여의 식사를 허겁지겁 마치고 난 뒤에는 화장실에서 볼일을 다 본 사람마냥 화장지를 끊듯 밥값을 치르곤 잽싸게 사라지게 되는, 아직은 오늘이란 날이 그다지 자랑스럽지 않은 사람들이 단골손님이 되어 찾는 밥. 끼니 때마다 꿈과 가난 그리고 저마다의 사연을 컵바닥까지 박박 긁어가며 비벼먹게 되는 음식이 바로 이 '컵밥'이다.

한 끼 오천 원짜리 밥집 찾기가 일자리 구하기만큼이나 어려워진 요즘 같은 시대에 컵밥집이 노량진 공시족公試族들에게 인기를 끈 건, 그 길거리음식의 처지가 소위 바닥을 친 것만 같은 자신들의 오늘과 닮아서일지도 모른다. 컵밥집은 대개 어디에도 등록되지 않은 점포이다. 그래서 컵밥집 아주머니는 법에서 정한 상인의 의무를 이행할 필요도 없지만, 법의 보호도 받을 수 없다. 하루 벌어 하루 산다는 그분의 수입은 나라의 장부에는 결코 잡히지 않는다. 현금으로 주고받는 '진짜 수입'이 과연 얼마나 될지는 누구도 알 길이 없지만, 노점상임을 미루어보아 그런 분들 중에는 소위 '일수 찍는' 이들도 제법 있으리라 짐작할 뿐이다.

변변한 일자리가 부족한 이 나라에서는 한정된 자원을 잘 배분하기 위해 줄 만큼은 확실하게 세운다. 어디 사람에게만 서열이 있겠는가. 대학도 줄을 서고 기업들도 줄을 선다.

동향同鄉에 동문同門, 연緣은 줄서기가 뿌리내린 이 사회의 단면들이다. 줄의 대열 밖으로 내몰린 사람들은 컵밥 하나씩 손에 들고 호시탐탐 줄 끄트머리의 남는 자리를 살피며 내일을 꿈꾼다.

그러던 어느 날, 노량진 컵밥집들이 강제로 철거되었다. 컵밥의 매출이 점점 커지자 손님이 끊긴 점포상들이 들고 일어났다. 등록도 하지 않은 채 세금도 안 내는 저 파렴치한 노점상들을 척결해달라고 구청에 민원을 넣은 것이었다.

2할에 해당하는 소수가 8할의 다수를 통제하는 현상을 '20대 80의 법칙'이라 부른다. 힘센 20이 무기력한 80을 확실히 압도하는 걸로 결론이 난 요즈음에는, 불쌍한 80들끼리 치열한 생존경쟁을 펼치게 마련이다. 그래서 대형 프랜차이즈 식당에 맞서기 위해 점포 상인과 컵밥 주인들이 합심하는 일은 일어나기 어렵다. 영리한 대형 프랜차이즈 식당 주인들이 서로를 헐뜯는 법도 없다. 공연히 컵밥집을 핍박하지도 않는다. 아니 그럴 필요도 없다. 그냥 대기업 상표를 붙여 질 좋고 가격은 비슷한 컵밥을 출시하면 그만이다. 그래서 싸움은 늘 줄 끄트머리에 있는 약자들 사이에서 일어나기 일쑤다.

노량진 컵밥집을 구청에 신고한 천막 맞은편 점포 상인들

은 "저 컵밥집 것들은 세금도 안 내면서 썩은 쥐나 나오는 지
저분한 음식을 파는 놈들"이라 하겠지만, 잘 따지고 보면 더
많은 세금을 안 내시는 분들이 어딘가에 버젓이 계실지 모
를 일이긴 하다.

　오늘 문을 닫으면 당장 내일 먹고살 것을 걱정해야 하는
컵밥집 주인들의 고단한 사연에 기대어, 한때 반짝하는 컵
밥의 인기를 나도 한번 누려보자는 가짜 컵밥은 정말 없었
을까. 그럭저럭 먹고 살 만한, 그래서 충분히 저 줄 안으로
들어갈 수 있었던 이들이 공연히 길거리에서 매판을 깔고
컵밥을 팔아 이문을 남기며, 그렇지 않아도 힘든 이들의 삶
을 더 슬프게 만들지는 않았을까. 가난한 일터를 부수고 밥
과 반찬을 길바닥에 내동댕이쳤던 구청 직원들 역시 한때
컵밥을 사먹었거나 그걸 즐겨 먹는 공시족 자식들을 둔, 그
저 '제 역할'에 충실했던 사람들일 것이었다.

　"컵밥집을 못하게 할 거라면 나라가 생계를 책임지라"는
한 컵밥집 아주머니의 억지가 마냥 얄밉지만 않은 건 무엇
때문일까.

　그 컵밥집들은 사라지고 다른 컵밥집들이 들어섰다. 메뉴
도 다양해지고 가격도 올랐다. 이제 천 원짜리 서너 장은 있

어야 한 끼를 사먹는다. 오늘도 학생 하나가 이곳에 들렀다. 아직 온기溫氣가 서린 컵 하나를 감싸쥐곤 잠시 생각에 잠기는 듯싶더니, 이내 등에 멘 책가방을 들썩거리며 허겁지겁 밥을 먹어치웠다. 그리고는 천 원짜리 몇 장과 동전을 획 던지고 도망치듯 천막 밖으로 나가버렸다.

벽

뭘까. 저 안에 무슨 일이 있는 걸까. 까치발을 하고 폴짝 뛰어봤지만 어림없었다. 등을 밀쳐도 뒤를 돌아보는 사람은 없었다. 고함은 커져갔다. 그때 누군가가 내 어깨를 툭 쳤다. 덩치 큰 재우였다.

"뭐해?"

"…."

"무슨 일 있어? 저기."

머뭇거리던 나는 저 너머를 가리켰다.

버려진 공터. 아이들이 뭔가를 첩첩이 에워싸고 큰소리를 내질렀다. 날선 욕이 뒤섞이면서 함성은 점점 거칠어졌다.

재우는 물끄러미 나를 쳐다보았다.

"그냥 가자."

"뭐지, 뭐지?"

통나무 같은 팔뚝이 나를 힘껏 끌었지만, 나는 정말 보고 싶었다. 재우는 한숨을 푹 쉬더니 말했다. 하는 수 없지. 그리고는 아이들을 밀쳐 고개만 넣을 틈을 겨우 만들어주었다.

아이들이 친 벽. 그 안엔 피투성이가 된 개구리 한 마리가 떨고 있었다. 제자리에서 팔딱거려 보았지만 허공엔 발 디딜 곳 하나 없었다. 뒤뚱뒤뚱 기어가면 돌멩이 세례가 이어졌다. 죽을 목숨. 그냥 두어도 곧 죽을 개구리는 더 빨리 죽지 않아 혼이 나고 있었다.

그래도 도망칠 곳을 찾는지 개구리는 사방으로 눈을 끔벅거렸다. 게슴츠레 눈을 뜨고 험악하게 욕설을 퍼붓는 아이, 땅바닥을 이리저리 훑으며 날카로운 돌을 찾는 아이, 꽤 굵은 나뭇가지를 마구 휘두르며 가련한 숨통을 겨누는 아이, 옆에 서 있던 동무에게 돌멩이를 쥐어주며 부추기는 아이들까지…. 그들은 정말 개구리가 죽어야 한다고 믿었던 걸까. 얼굴을 두 손으로 가리고 울음을 터뜨리는 아이들도, 힘이 센 녀석들이 무서워 발만 동동동 굴리는 아이들 그 누구도 개구리를 위해 선뜻 나서지 않았다.

"그만해. 불쌍하지도 않냐." 재우가 내뱉듯 말했다. 매서운 눈빛들이 재우를 향했다. 그렇지만 누구도 그에게 함부로 손찌검을 하진 못했다. 다행히 재우는 덩치 큰 아이였다. "이것 봐. 이 개구리 새끼는 죽어야 해." "재수 없어." "맞아, 맞아." 누군가가 지껄였고 너도나도 끄덕였다.

보고 싶은 대로 보는 세상. 그곳에 벽을 치면 보이지 않던 것도 보이는 것으로, 보여도 보이지 않는 걸로 만들어낼 수 있었다. 경험한 것만 볼 수 있는 인간은 벽 안에서 경험 밖의 세계까지 잘도 보곤 했다. 종교는 벽을 쌓고 정치는 편을 갈랐다. 낡은 벽은 신앙처럼 굳어져 대代를 이었다. 그렇게 보이지 않는 벽을 수없이 친 인간의 자취를, 우린 역사라 불렀다.

잠시 뒤, 개구리의 마른 살갗이 찢어지자 아이들은 비로소 흩어지기 시작했다. 그때까지도 아이들의 허물을 감춘 견고한 벽은 허물어지지 않았다. 어린 살기殺氣가 모여 할딱이는 생명의 마지막 숨을 싱겁게 지켜봤다. 이윽고 벽은 사라졌다. 그러자 공터는 천연덕스럽게 그 모습을 드러냈다.

해질녘 그곳에 다시 갔다. 개구리는 배를 뒤집고 있었다.

제5장

걸인기

2교시

개 유학간대. 회사에서 보내주나봐. 녀석, 끝내준다. 역시 잘 풀리는 놈은 계속 잘 풀려. 한 친구의 소식을 들었다. 대학 동창 모임에서였다.

늘 부러운 친구였다. 오랜 연애 끝에 직장에 들어오자마자 결혼했고, 직장에서는 소위 잘나간다는 부서에 뽑혀 다녔다. 결혼을 앞두고 녀석이 준비한 감동적인 프러포즈는 친구들 사이에 회자膾炙되었다. 요새는 절 꼭 닮은 아기의 재롱을 보는 데 푹 빠져 사는 줄 알았는데, 어느새 유학 준비까지 했나보다. 부유한 경제 사정과 아버지라는 든든한 배경, 거기에 원만한 성격에 성실함 그리고 실력까지, 참 나무랄 데 없는 친구였다.

불안감이 밀려왔다. 점점 뒤처지고 있는 걸까. 이대로 낙

오되는 건 아닐까. 아버지를 일찍 여읜 탓에 그렇게 부유한 편도 아니었고 스펙도 별 볼 일 없었다. 방황을 거듭했기에 실력도 부족했던 것 같다.

그렇게 서른이란 나이가 훌쩍 넘어버렸다. 그냥 이런저런 이유로 많은 게 늦어져버린 것 같다. 이럴 때면 돌아가신 아버지가 원망스럽기도 하고, 공연히 어머니와 형이 야속했다. 꾸준히 노력하면 거북이가 토끼를 이긴다지만, 요새 토끼들은 결코 방심하는 법이 없었다. 선대의 토끼들로부터 물려받은 다양한 이점들을 훌륭히 활용해 늘 저만치 앞장서 달음질쳤다. 그래서 토끼는 토끼들끼리, 거북이는 거북이들 끼리 경주競走하는 게, 요새 세상이었다. 나는 토끼처럼 달릴 수 있을까. 스스로가 마냥 작게 느껴졌다. 소시민小市民. 내게 꼭 어울리는 말이었다. 문득, 오래 전 일이 떠올랐다.

수학능력시험을 치를 때였다. 1교시 언어영역을 망쳤다. 그것만큼은 자신 있었는데. 영 가망이 없어 보였다. 일 년의 노력이 허사가 된 듯, 절망감이 밀려왔다. 관두고 싶었다. 쉬는 시간, 허탈감에 눈을 감았다. 갑자기 얼마 전 돌아가신 아버지 얼굴이 보였다. 정신이 바짝 들었다.

생각을 고쳐먹고 시험이 모두 끝날 때까지 문제 풀이에만 집중했다. 결과는 고스란히 운명에 맡긴 채 마음을 비웠다. 시험을 잘 보아야 한다는 마음은 사라졌다. 최선을 다해야 한다는 간절함만 남았다. 마음을 다잡았다. 그렇게 죽기살 기로 시험을 마쳤다. 온몸의 기운이 쑥 빠졌다. 걷기도 힘들 었다.

다행히 결과가 괜찮았다. 첫 과목을 망쳤지만 2교시부터 치른 남은 과목들이 이를 만회해주었다. 1교시 시험은 대부 분의 수험생들이 망쳤던 것 같다. 그 해 당락은 2교시 이후 를 어떻게 보았는지에 따라 결정되었다. 만일 1교시를 마치 고 포기해버렸다면, 그해 나는 원하는 대학에 들어갈 수 없 었을 것이다.

오랫동안 그날의 간절함을 잊고 살았던 것 같다. 돌이켜 보면 세상에는 두 가지 일이 있었다. 마음대로 할 수 있는 일 과 마음대로 할 수 없는 일. 생의 대부분을 할 수 없는 일에 허비하며 할 수 없는 일 때문에 마음 아파하고, 할 수 없는 일로 인해 가슴 졸이다가, 결국 할 수 있는 일조차 할 수 없 는 것으로 만들어버리곤 했던 게, 지난 삶이 아니었을까.

마음을 비운다는 건, 최선을 다하고 그 결과에 순응하는 것인지도 모른다. 늘 무엇이 되려고만 했기에 불안했던 것 같다. 평생 쉼 없이 걸어도 토끼가 달린 거리의 절반에도 미치지 못하겠지만, 아직까지 토끼와 더불어 경주를 할 수 있었던 사실에 그저 감사할 따름이다. 설령 오늘 걷는 이 길이 처음 꿈꾸었던 그 길은 아닐지라도, 나의 모든 노력이 이 길을 가기 위해 있었다는 사실을 잊지 않으며 살아가고 싶다.

어느 책에서 인생 여든을 하루에 빗댄 글을 읽은 적이 있다. 팔십 해를 스물네 시간으로 바꾸면, 올해의 난 정확히 오전 열 시에 와 있다. 공교롭게도 십여 년 전 내가 포기를 고민했던 바로 그 시간이다. 그래, 짐을 싸기에는 아직 이르다. 어서 다음 시험을 준비해야겠다. 그날 그 시간으로 돌아가자.

걸인기傑人記

미국에 머물 때 일이다.

늘 자동차를 가지고 움직여야 했지만, 넓은 땅 그 나라에
선 어딜 가도 주차 걱정은 할 필요가 없었다. 높게보다는 넓
게 짓기 일쑤인 그 나라 건물은 제 몸뚱이보다 배나 넓은 주
차공간을 영지領地처럼 거느리고 있었다.

그날도 그럴 줄 알았다. 도심이라 달랐을까. 마땅히 차를
세울 만한 곳이 없었다. 늦가을, 비가 겨울을 재촉했다. 날
은 춥고 바람은 찼다. 거리를 빙빙 돌았다.

얼마나 지났을까. 보도步道에 바짝 붙어 한 줄로 도열한
차의 무리가 눈에 띄었다. 길가의 주차장. 다행히 빈자리도
여럿 보였다.

주차는 했지만 관리인이 없었다. 길가엔 'Pay Here'라는

팻말을 머리에 인 발권기만 비석처럼 서 있었다. 거기서 좀 떨어진 곳엔 때에 절어 반질거리는 외투를 뒤집어쓴 거지가 바짝 엎드려 인적도 드문 그 길목을 지키고 있었다.

발권기에는 어떤 거미가 알뜰하게 집도 지어놓았다. 사용법이 새겨진 그 낡은 기계 앞에서 한참 동안 고개를 숙이고 비문碑文을 해독했다. '이놈 혹시 내 돈을 먹고 뱉어내지 않으면 어쩌나.' 빗줄기는 굵어졌다. 내 몸도 돌처럼 굳어져갔다. 머뭇거림은 길어지고 날은 더 추워졌다.

느닷없이 인기척이 들렸다. 근처에 엎드려 있던 거지였다. 그는 말을 걸었고 나는 인사를 했다. 자기가 도와주겠다더니 그는 비석을 손가락으로 짚어가며 차분히 사용 방법을 설명해줬다. 빗물에 흠뻑 젖은 그의 입에서 김이 올라왔다. 열강을 마치고. 내친김에 발권도 해주겠단다. 그러시라는 내 대답에 거지는 활짝 웃으며 능숙하게 단추를 툭툭 눌렀다. 주차권이 튀어나왔다. 거지는 하얀 이를 드러내며 때 묻은 손을 내게 내밀었다. 고마움에 기계가 뱉은 거스름돈을 통째로 건넸다.

거지는 감사하며 신의 가호가 있기를 빌었다. 그리곤 원래 있던 자리로 돌아가 다시 납작 엎드렸다. 빗물이 그의 등을 타고 흘러내렸다. 거지는 비석처럼 그 자리에 굳어 있었다. 집 나갔던 거미는 어느새 되돌아와 가만히 웅크리고 있었다.

몇 달 뒤, 워싱턴에 갈 일이 있었다.

내가 묵었던 숙소에서 그리 멀지 않은 곳엔 편의점이 하나 있었다. 그 앞 보도는 유난히 좁았다. 아침마다 거길 지나야 했던 내게 굿모닝을 외치는 이가 있었다. 그 길목을 지키던 거지였다. 명랑했다. 그는 행인들에게 일일이 인사하며 깍듯하게 '선생님'이라 불렀다.

"Good morning, Sir!"

그리고 이렇게 소리쳤다.

"May I help you?"

나는 그를 뭐라 불러야 할까.

빈 병

한 친구가 있다. 그 친구는 술로 겨울을 난다. 대학을 다닐 때 문학을 전공했고 아직까지도 글 쓰는 데 흠뻑 빠져 산다. 읽어주는 이 없이 작가 자신과 몇몇 친구들이 그의 독자가 될 뿐이지만, 그래도 세상이 결국 자신을 알아줄 날이 오고야 말 거라 굳게 믿는 낙천주의자다.

그는 프리랜서다. 전날 소주를 퍼마시고도 새벽마다 인력시장에 나가 일감을 구한다. 아니, 구해야 한다. 날씨가 제법 괜찮은 봄과 가을은 그에게 소위 '시즌'이다. 그렇게 두 계절을 열심히 벌어야 남은 일 년을 겨우 날 수 있다.

얼마 전 친구들끼리 모임이 있었다. 누군가 결혼을 한다는 거였다. 시간이 되자 하나둘 나타났다. 한참이 지나자 그도 왔다. 종일 공역工役에 시달렸는지 먼지를 잔뜩 뒤집어쓰고. 여느 때처럼 삼겹살을 굽고 술이 두어 순배 돌자 분위기는 무르익었다.

화제는 돈 되는 일 없는 재미없는 현실에 불확실한 미래, 어디에나 있는 밉상 상사에 괴짜 후배들의 이야기로 바뀌었다가 연예인들의 뒷담화로 한참 열을 올린 후, 막 가정을 꾸린 녀석들이 들려주는 결혼 생활에 대한 조심스러운 푸념으로 이어졌다. 말이 말을 낳고 그 말이 다시 새로운 말을 낳으며 이야기는 차례차례 허물을 벗었다.

그렇게 한참이 흐르고⋯. 우리가 있던 자리에는 끝내 말 못한 속사정만 남았다. 이윽고 잠자코 듣기만 하던 그 친구가 한숨을 푹 쉬며 한마디를 툭 던졌다.

"아무래도 또 잘린 거 같다."

"⋯."

모두 조용해졌다. 무슨 말일까.

"술 좀 더 줘."

"그래, 그래."

소주 몇 병이 더 나왔다. 몇 잔을 더 들이켜고 그는 고개를 푹 숙였다.

"야, 우리도 몇 년 안에 다 잘려."

"그럼, 그럼. 별 수 있나."

"…."

"직장 없다고 결혼 못하냐? 곧 좋은 사람 만날 거야."

"그리고 그거 다 무덤이다, 너."

"암, 그저 집안의 평화를 위해 참는 거지. 안 해보면 몰라."

영문도 모른 채, 다들 한마디씩 거들기 바빴다.

"핏."

쓴웃음을 입가에 머금고 그는 한 잔을 더 들이켰다. 그의
겨울은 더 깊어보였다. 아무 말도 해줄 수 없었다. 그날 밤,
그는 마셔도 취하지 않는 술을 잔뜩 마시고 남은 술을 챙겨
집으로 갔다. 모두 돌아가고, 자리에는 빈 병들만 남았다.

달빛

하늘의 달은 내겐 잡히지 않는 것이었다. 나는 밤마다 뜰로 나가 둥그런 달을 쳐다보는 것으로 만족해야 했다. 만질 수는 없지만 달을 가슴에 품은 듯 맘은 뿌듯했다. 온몸을 밝은 달빛에 내맡기곤 이게 달이 내게 주는 사랑이라 여겼다. 내가 달을 느끼는 방식이었다. 어쩌면 달이란 가져서는 안 되는 건지도 몰랐다.

그래도 한 번쯤은 저 달을 내 것으로 만들고 싶었다. 달빛을 품을 수 있다면, 밤을 손꼽아 기다리지 않아도 될 것이었다. 나는 달에게로 다가갔다. 하지만 올라갈수록 달은 더 먼 곳으로 자리를 옮겼다. 가끔 구름 속에 그 모습을 감추기도 했다. 그럴 때면 멀리서 쬐던 그 빛마저도 누리지 못함이 내 부질없는 욕심 탓이라 자책하고 한숨지었다. 영영 떠난 줄 알았던 달은 밤하늘이 맑은 날이면 어김없이 떴다. 난 수없이 많은 밤을 그렇게 보냈다.

꼭 한 번, 달을 가진 적도 있었다. 작은 달이었다. 내가 다가가자 달도 내게로 왔다. 그리고 난, 달을 가슴에 품었다. 얼마쯤 지난 뒤 달은 나를 떠나고자 했다. 품에 안긴 보석보다 하늘에서 빛나는 달이기를 바랐던 모양이었다. 작은 달에게 나는 미다스Midas가 되어 있었다.

그녀가 내 품 안에서 더욱 빛나는 달이길 나는 진심으로 바랐다. 달이란 결코 품어서는 안 되는 것이라면, 밤하늘을 올려다보며 달빛 속에 몸을 맡기는 것만으로 행복했을 것이었다. 어쩌면 내가 사랑했던 건 달이 아닌 달빛이었는지도 몰랐다. 그러나 달빛은 달이 없으면 얻을 수 없었다. 내가 달을 사랑한 까닭이었다.

내가 사랑하는 작은 달은 가끔은 구름 속에도 숨는 귀여운 달이었다. 비록 달이 저 하늘에 머무는 것이 나로 인해서가 아닌 내가 선 이 땅을 사랑해서였다 하더라도, 달은 내 몸으로부터의 미미한 인력 때문에 더 멀리 가지 못하는 것이라 믿고 싶었다.

달을 보며 밤을 보내야 하는 것이 나의 운명이라면, 다시 태어날 때 지구가 아닌 달에서 살고 싶다.

기러기 예법

숙직 다음날 아침은 영 개운치 않다. 꾸벅꾸벅 선잠을 자다 깨보면 지루한 나를 비웃듯 시계는 여태 두세 시를 가리키고 있었다. 해면解免의 자유를 맛보기까지 꼼짝없이 네댓 시간. 머릿속에는 온통 아침밥을 먹을 내 모습만 떠올랐다.

졸음에 겨운 해를 품은 한강이 찰랑거리면 부지런한 여의도의 하루가 시작되었다. 얼리버드early bird들의 모습이 폐쇄회로에 잡힐 즈음이면 기나긴 하룻밤 숙직도 끝나는 거였다.

구내식당에 들어서면 기러기들이 조반을 들고 있었다. 내가 알 만한 기러기들도 꽤 많았다. 하나둘 쟁반을 들고 나타나는 기러기 목에는 타이가 하나씩 늘어져 있었다. 콩나물 해장국. 오늘 식단이 마음에 들었다. 식당은 조용했다. 이따금 사발을 긁는 숟가락 소리만 산사의 목탁 소리처럼 들려왔다. 허기진 목구멍 속으로 밥알들이 급히 투여되고 있었다. 식기들이 쨍 부딪혀 적막을 깨면 모두 그쪽을 쳐다봤다. 고개를 푹 숙이고 두 눈을 이마에 올려붙인 그 기러기의 타이가 가늘게 떨렸다.

기러기는 결코 함께 앉지 않는다. 테이블 하나에 기러기도 하나씩. 누가 시킨 것도 아닐 텐데 모두 약속이나 한 듯 그렇게 앉아 밥을 먹는다. 허겁지겁. 몇 분 사이에 한 그릇을 뚝딱 비우고 후다닥 떠나버린다. 어쩌다 마주쳐도 가벼운 목례가 전부. 기러기들의 예법이었다.

선배는 기러기 아빠였다.

해외 근무를 마치고 아내와 아이를 그곳에 둔 채 단신으로 귀국했다. 자녀 교육 때문이라 했다. 가족 없이 외롭게 벌써 여러 해를 버텨왔다. 성실한 사람이다. 새벽 일찍 운동을 마치고 조식은 꼭 회사 구내식당에서 해결한다.

얼마 전 뭔가를 보던 그 선배가 해죽였다.

"뭔데요?"

"아침은 먹나?"

조반에 유달리 예민한 선배.

"저야 어머니가…."

"부럽군. 나도 총각 때가 좋았어."

"헤헤."

그러자 선배는 큰 눈을 슴벅거리며,

"요리는, 잘해?"

"아뇨."

"큰일났다."

"또 뭐가요?"

"기러기에게 요린 필수야. 안 된다는 법 없다, 너."

"여친도 없어요."

"틈틈이 나처럼 요리 블로그도 보고 그래라."

"…."

숙직을 마친 아침 나도 구석진 곳으로 가서 고개를 숙이고 먹었다. 쟁반을 들고 나오려던 참에,

"어, 선배!"

"와, 왔구나."

그도 당황할 때가 있었다.

"이따 보자. 이따."

선배는 황급히 구석진 곳을 찾아 날아갔다. 반가워도 말 없이 지나칠 걸. 느슨한 타이를 고쳐 매고 커피 한 잔을 뽑았다. 공원에 비둘기 떼가 모여들어 무언가를 먹고 있었다.

한참이 흘렀다. 학위를 딴답시고 집을 떠나왔다. 어쩌다 놓친 결혼으로 난 기러기 총각이 되어 있었다. 그래, 안되란 법이 없군. 물 만 밥에 숟가락을 푸욱 꽂았다.

버릇이 하나 생겼다. 아침에 눈을 뜨면 이불에 착 달라붙어 하루 식단을 그려보는 거다. 거들떠보지도 않던 요리 블로그를 들여다보고 할 만하겠다 싶은 건 이것저것 해 먹어본다. 다행히도 우리 음식에 필요한 식재료 구하기가 별로 어렵지 않았다. 이참에 집에 메주도 달아볼까. 그날로 아파트에서 쫓겨날 일이었다.

수없는 시행착오가 있었다. 손을 베고 그릇을 깨고 다 된 밥에 재를 뿌려 나만의 음식, '어처구니'를 만들곤 했다. 단조로운 빵과 햄만 먹기 싫어 밥을 짓기 시작했지만, 불세기만 달라도 어처구니가 좀 다른 맛이 난다는 걸 알고부턴 재미도 있었다.

밥하기 싫음 식당에 간다. 구석이든 문간이든 이인합석이든 군말 없이 앉아 음식을 입안에 털어넣는다. 낯익은 얼굴이 있을 리 없는 타향인데도 황급히 먹고 휙 일어나는 습성은 영락없는 기러기였다. 낯선 얼굴조차 너무 신경 쓰이는 날엔 차마 들어가질 못해 식당 문 앞에서 발길을 돌렸다. 집에 와 쌀을 안치고 밥 대신 못 마시는 술을 마셨다. 한두 잔

술김에 겨우 입맛이 돌아오면 허기를 달랬다.

고국으로 돌아가면 여기서는 절대 입에 대지 않는 청국장을 고슬고슬한 된밥에 맛있게 먹고 싶다. 어머니가 오래 전 담그셨던 복분자주도 한 잔. 그때까지 어처구니의 맛도 좀 가다듬어야겠다. 연인이 생기면 생일에 이걸 해줄까. 나 혼자 몰래 먹는 그 어처구니를.

집 앞 슈퍼마켓엔 샐러드바가 있다. 야채는 물론 육류와 생선 요리도 곁들여 판다. 남부 바비큐가 생각날 때 한번씩 들르는 곳이다. 고 앞에 십여 개의 작은 야외 테이블이 있고, 거기엔 점심, 저녁을 가리지 않고 혼자 밥을 먹는 미국 기러기들이 앉아 있다. 한 테이블에 꼭 하나씩. 고개를 숙인 채. 모두 허겁지겁. 하늘에서 갑자기 비가 쏟아졌다.

자기, 그리고 그대

하루 대부분을 직장에서 보내자면, 성姓에 직함 하나만 달 랑 붙여 '윤 팀장', '이 과장' 이런 식으로 딱딱하게 부르지만 은 않는다. 소위 학창시절 별명처럼, 애칭이란 걸 만들어 불 러주곤 하는데 그 말이 재미있다며 너도나도 쓰기 시작하면 유행이 되고, 그게 오랫동안 아주 굳어지면 관습이 된다.

첫 출근을 하고 며칠 지났을 무렵이다. 제법 무거워 보이 는 짐을 들고 낑낑대던 한 남자 선배가 나를 보고 한껏 반기 며 외쳤던 말이,

"자기야, 나 좀 도와줄래?"였다.

어리둥절했지만, 퍽 신선했다.

한참을 돕고 난 후, 땀을 뻘뻘 흘리던 내게 그 선배는,

"야, 난 자기 없었으면 이거 못했을 거야"라고 아무렇지도

않게 말했다.

얼마 지나지 않아 우리 부장님이 팀장님들을 다급히 부를 때면 꼭 '선수先手'라고 부른다는 걸 알게 되었다.

"이봐, 박아무개 선수. 내 방으로 좀 와 봐!"는 내가 회사에 들어오기 한참 전 우리 부장님이 부장님의 부장님으로부터 들었을 말이라는 것도 어렴풋이 짐작할 수 있었다.

재미있었던 건, 이 말이 쓰임새에 따라 조금씩 변형도 되더란 것이었다. 이름을 통째로 부를 때면 '선수'라 하지만, 성姓만 쏙 빼서 부를 땐 성씨 뒤에 professional의 줄임말인 '프로pro'를 붙였다. 그래서 김 씨였던 우리 팀장님은 '김 프로'였고, 이 씨였던 옆 팀 팀장님은 '이 프로'였다. 혹여 박사博士 학위가 있는 분은 '프로' 대신 '박사'를 붙여, '구 박사'로도 불렸다. 가끔 그런 부장님을 따라 자기 팀원들을 그렇게 부르는 팀장님들도 있었다. 여기저기서 프로를 찾는 프로들이 많아지고, 그렇게 종일 사무실에 앉아 있다보면 회사는 온통 프로와 박사, 선수들로 웅성거렸다. 그래도 신입이었던 나는 여전히 누군가의 '자기'로만 불렸다.

몇 년이 지나 내게도 새로운 호칭이 생겼다. 그게 바로 '본인本人'이었다. 어느 날부터 선배들 앞에 서면 난 '본인'으로 불렸다. 공식적으로 직함을 부르기엔 너무 가깝고, 너라고 칭하기엔 조금은 어색한, 우리 사이 그 어디쯤에 존재하는 말이 바로 본인이었다. 특히, 무언가 꾸지람을 들을 때면 격한 말보다는 본인이라는 별호別號로 불리는 게 그리 나쁘지 않았던 것 같다.

어쨌든 아침에 출근을 하면 나는 한 사람의 본인으로 보고도 하고 회의도 하고 꾸중도 들어가면서, 하루를 일 년처럼 살았다. 오후 햇살이 사무실 창가에 스며들면 친구들과 아이스커피 한 잔씩 사들고 건물 밖으로 나와 '본인놀이'를 하기도 했다.

"어이, 본인이랑 나랑 회사 그만두고 커피집이나 할까?" 이렇게 말이다.

다시 몇 해가 흘렀다. 내 이름 뒤에 '행원'의 꼬리표가 사라지고 직함이란 게 생겼지만, 여전히 직함보다는 '자기'와 '본인'에 더 익숙하다. 그러던 어느 날, 회의 시간에 곤란한 안건이 새로 올라왔다. 누구도 의견을 선뜻 내지 못하는 가운데 초조하게 시간은 흐르고 있었다. 평소 잘 들리지도 않던 시계의 초침 소리에 모두 귀를 기울이고 있을 때, 누군가가 정적을 깨고 내게 이렇게 말했다.

"그대, 난 그대의 의견을 듣고 싶어."

"네?"

"그대. 그대 말이야."

"네."

이후로 난 그분과 이야기 나눌 때마다 그분의 '그대'가 되어 오늘에 이른다. 나중에 알고 보니 나 말고도 그분에게는 그대가 제법 여럿이었다.

직장에서 쓰는 애칭은 가끔 로맨틱하기까지 하다. 늘 쉽게 실마리를 찾을 수 없는 숙제를 안고 하루를 보내야 하는 우리에게, '자기'와 '그대' 같은 제법 요염한 말들이 있다는 것은 참 다행한 일이다.

이렇듯 별호는 자연스레 생겨야 정다운 맛이 나는 것 같다. 이따금 억지로 만든 호칭이 곁을 부담스럽게 만들기도 한다. 언젠가 중년의 서예가를 만난 적이 있었는데, 그분은 자신을 소개하며 예명藝名과 아호雅號를 부끄러운 듯 자랑스럽게 함께 일러주었다. 뜻을 풀이해보면 대단히 훌륭하긴 했으나, 본명도 기억하기 힘든데 예명에 아호까지. 지금은 셋 중 어떤 브랜드도 잘 생각나지 않는다. 아마 다시 만난다면 그분은 이런 나에게 못내 섭섭해할 게 뻔하다.

실은 나 역시 어린 시절 스스로 호號라는 걸 지어본 적이 있다. 순전히, 소위 말해 '있어 보이기' 위해서였는데 돌이켜보면 그 맘이 무척이나 치기어린 것이었다는 자책이 든다.

'호'는 서로를 일러 함부로 이름으로 칭하지 않던 시대의 예법이었다. 그때는 지금처럼 멋으로만 호를 붙인 게 아니라, 대놓고 이름 부르기 어려운 상대를 향한 존중의 마음을 오늘날의 '본인'과 '그대' 그리고 '자기'처럼 말에 담아 표현한 소통의 한 방편이었던 것이 아니었을까 생각한다. 한학漢學을 익혔던 돌아가신 내 외조부도 누군가가 자신의 호를 일컫는 것을 늘 경계하였던 것을 보면, 이미 모든 삶이 현대화된 우리에게 아호가 별칭으로서 가지는 의미는 그리 크지 않을 것으로 생각된다. 굳이 호를 만들어 쓰지 않더라도 브라이언Brian이니 샘Sam이니 하는 멋진 영어식 이름에 인터넷 아이디까지, 현대인들은 옛사람들이 갖지 못한 별호도 제법 많지 않은가.

요사이 출근을 하면, 몇 년 전 내가 있었던 그 말석을 채워주는 고마운 후배들 얼굴이 보인다. 바쁜 일상 속 이따금은, 긴장된 모습으로 기웃기웃 눈치를 살피는 그들을 어떻게 부르면 좋을까 고민하기도 한다. 자기? 아니면, 그대? 혼자서 연습이라도 해봐야겠다. 그대, 난 그대의 의견을 듣고 싶어.

제6장

뉴 노멀의 언덕

뉴 노멀의 언덕

찻잔 가득 커피가 담기면 바삐 가던 도심의 시간은 잠시 걸음을 멈춘다. 거리마다 수북이 쌓인 낙엽 아래 삶의 여백이 숨어 있었다. 잔을 비우며 가슴을 비우고. 찻잔 바닥에 납작 말라붙은 얼룩을 보면 인간의 본성 밑에 깔렸을 욕망이 떠오르곤 했다.

흔들리는 통념

사회에 첫발을 내딛었을 무렵 서브프라임Subprime 사태가 터졌다. 커다란 파도가 세계 경제를 덮쳤다. 지난 20년 동안 차근차근 이루어진 세계화와 블록화로 동반 침체는 불보듯 뻔했다.

시장의 불안감은 높아졌다. 중앙은행들은 시중에 돈을 풀며 경기를 끌어올리려 안간힘을 썼지만 저성장의 늪은 끝날 줄 몰랐다. 빈부의 격차는 커졌다. 햇볕은 주로 양지에 머물렀다. 한파가 몰아친 지구, 제 코가 석 자인데 음지를 위해 선뜻 볕을 내어줄 양지는 없는 것 같았다. 양지와 음지는 신분처럼 굳어졌다. 이웃집이 병에 걸리자 집집마다 문을 닫아걸었다. 나라 간의 마찰도 심화되었다. 영국은 유럽연합의 울타리 밖으로 나가겠다고 선언했고, 미국 대선에선 보호주의가 화두로 떠올랐다. 낮은 성장이 별로 이상할 게 없다는 주장이 서서히 고개를 들었다. 고만고만한 성장률. 그 한계를 부수고 올라가려면 구름 너머를 보는 통찰과 산업 차원의 혁신이 필수라는 조언이 쏟아졌다. 이른바 뉴 노멀 New Normal로 불러야 할 시대가 왔다는 것이었다.

멀어진 노멀의 삶

노멀normal, 定常을 지향하는 사회에서 뉴 노멀의 등장은 혼란을 예고하는 것과 다름없었다. 이제 노멀이라며 안심하던 사람들은 물론이요, 노멀을 향해 한창 달려가던 꽃다운 청춘들도 뉴 노멀로 과녁을 바꾸어 시위를 당겨야 할 테니까.

노멀은 정규분포곡선의 정중앙, 그러니까 평균쯤을 말한

다. 그 곡선은 종鐘 모양으로, 산으로 치면 좌우로 벌린 날개가 똑같은 언덕의 모습이다. 바로 그 고봉高峯을 넘는 여정이 산업시대를 사는 현대인의 삶이었다. 일찍 정상에 당도하면 날이 저물기 전 모두가 부러워하는 산 건너편 부자 동네로 갈 수도 있겠지만, 대개는 험준한 산을 기어오르다 생을 마감하곤 했다.

노멀을 추구하는 나라에서 자란 내가 미국에 건너갔을 때 놀랐던 건, 그쪽 학생들도 별로 다르지 않다는 사실이었다. 여러 나라에서 모여든 젊은이들은 각기 다른 문화적 배경을 간직하고 있었지만, 우린 소위 좋은 직장에 들어가 중산층이 되려는 공통 목표를 가지고 있었다. 세계화는 그렇게도 우릴 하나로 만든 것 같았다. 맨 앞에 서는 건 바라지도 않았다. 쭈뼛거려도 정규분포곡선 한가운데 그저 중간만 하면 다행이었다. 그래서인지 교실에선 거시적 안목보다 미시적인 스킬이 더 주목받았다. 학생들의 관심도 온통 거기로 쏠렸다. 염상섭이 『삼대三代』를 썼을 무렵, 모던보이를 꿈꾸며 경성 거리를 누볐던 한국의 청춘들도 언제부터인가 노멀 보이, 노멀 걸이 되기 위해 있는 힘을 쥐어짜며 살았고, 그 노멀한 세대의 후손과 그 후손의 후손도 노멀을 꿈꾸며 살고 있다.

끝나지 않은 위기는 이 노멀에 대한 통념을 통째로 흔들어놨다. 큰 지진이 일어났고 산이 휘청거렸다. 안 그래도 고단했던 삶들은 오르막에서 미끄러져 아래로 나뒹굴었다. 모두가 가고 싶어했던 정상 언저리 그 가운데 토막이 숭숭 잘려져 나갔다. 대신 양극단에 이전보다 길고 두툼한 꼬리 long fat tail가 생겼다. 그렇게 양극화는 심해졌다. 면적이 줄어든 평균의 삶, 경쟁은 더욱 치열해졌다. 별이 멀어지자 꿈은 무모해졌고 삶은 더 팍팍해졌다. 헉슬리가 예견했던 『멋진 신세계』가 채 오기도 전, 인류는 새로운 세계를 만나고야 말았다.

혁신의 자화상

새 말[言]이 나오면 그 말 자체에 대한 논란이 있곤 한다. 신종 인플루엔자가 한국을 휩쓸었을 때도 그랬다. 그때 하필 그 독감에 걸렸던 내가 찾아갔던 병원에서 소위, 명의라 불렸던 원장님은 이건 절대로 '신종'이 아니라 '구종'이란 소신을 뚜렷이 밝혔다. 사실 나에게 그런 건 별로 중요하지 않았다. 낫는 게 먼저였기에. 지금의 '뉴 노멀'도 오늘을 어제의 눈이 아닌 내일의 눈으로 바라봐야 한다는 어떤 경영자의 생각이 담긴 말일 뿐, 이런 오늘이 뉴 노멀인지 그냥 비정

상인지는 문제의 본령本領이 아닐 것 같다.

하지만 과거로 시야를 좀 넓혀보면 궁핍함으로 고통받는 사람들의 원성이 높아지면서 과거와는 전혀 다른 돌파구를 찾아야만 했던 시대적 변곡점들이 제법 있었음을 알 수 있다.

뮤지컬로도 알려졌던 『오즈의 마법사』의 주인공 도로시는 어느 날 휘몰아친 회오리바람에 휩쓸려 오즈라는 낯선 땅에 떨어지게 된다. 마법사를 만나면 집으로 돌아갈 수 있다는 말에 도로시는 무작정 길을 떠난다. 고생 끝에 마법사가 사는 성에 겨우 도달하지만 그녀를 집으로 보내는 마법 같은 건 없었다. 사기를 당한 도로시가 집으로 돌아갈 수 있었던 건 그녀가 신고 있던 은구두의 힘 덕분이었다.

이 소설이 출간되었던 19세기 후반 미국은 농업국이었다. 농심이 민심이었고 민심은 노멀한 삶을 원했다. 그런데 금화 본위의 통화정책을 채택하고 있던 미국은 금화의 채굴량이 부족해지면서 마음껏 화폐를 찍어낼 수 없는 난처한 상황에 처했다. 자연히 물가가 하락했고 농민들은 똑같은 양을 소출해도 적은 돈을 손에 쥘 뿐이었다. 부족한 돈을 은행으로부터 빌렸지만 벌이는 나아지지 않았고 원금에 이자는 꼬박꼬박 내야 했으니 살림은 더욱 어려워졌다.

이에 미국에선 금화와 함께 은화도 찍어내야 한다는 주장이 힘을 얻었다. 양본위제兩本位制는 대선의 이슈가 되었고, 바움L. Frank Baum은 은의 효용성을 구두에 담아 『오즈의 마법사』에 잘도 숨겨놓았다. 소설이 큰 인기를 얻으면서 자연스레 은에 대한 홍보도 제대로 되었을 게다. 결국 이 논쟁은 캐나다에서 큰 금광이 발견되면서 금본위제를 유지하는 쪽으로 싱겁게 결론이 나고 말았다.

자원이 풍부한 북미 지역과는 사정이 사뭇 달랐던 고려高麗는 한정된 금 채굴량이 아닌 협소한 토지 문제를 해결하지 못해 문을 닫아야 했다. 토지는 나라의 것임을 원칙으로 삼고 관료들은 땅에 대한 조세권만을 부여받았다. 죽은 뒤에는 그 땅을 국가에 반납해야 했다. 하지만 세습할 방도를 완전히 막은 것도 아니었을 뿐더러 비대해진 관료 조직을 감당하기에는 땅이 너무 부족했다. 급기야 권문세족이 판을 친 고려 말기에 이르자 토지제도 같은 건 아예 쓸모조차 없었다. 세도가가 독식한 국토에 민초들이 삽을 꽂을 만한 땅은 찾아보기 어려웠다.

민본의 정치로 돌아가야 했던 새 나라 조선은 권문세족의 수탈로 무너진 민생을 되살리기 위해 토지제도를 뜯어고쳤다. 신진 사대부들은 머리를 맞대어 안을 짜냈다. 이견을 좁히지 못해 대립하기도 했다. 요샛말로 혁신안을 수립하기 위해 진통을 겪었던 셈이다.

이상과 현실 사이를 오가며 한참 번뇌하던 조선의 선택은 고려 조정이 생각해냈던 토지제도와 비슷한 것이었다. 잘못 운영하는 바람에 유명무실해졌던 그 제도를 조금 달리하되, 문제였던 권문세족의 사유지를 몽땅 빼앗아 나라의 땅으로 귀속시켰다.

현실은 늘 이상을 좇는다. 둘 사이의 간극이 너무 커졌을 때 우린 위기라고 수군거린다. 위기의 순간마다 사람들은 마법을 찾았다. 꽁꽁 얼어붙은 겨울왕국을 녹이기 위해서는 여왕의 마법이 필요할 것이라고들 목소리를 높이지만, 혁신이 꼭 마법의 옷을 입고 우리를 찾는 건 아닌 것 같다. 간극은 우연한 호재로 좁혀지기도 하고, 과거의 묘안으로 극복되기도 하는 것 같다.

우리에게 필요한 꿈과 욕망

선택은 무언가에 대한 포기를 의미한다. 이 말을 뒤집으면 포기는 무언가를 선택할 기회란 뜻이기도 하다. 그동안 벌어졌던 성장과 분배의 해묵은 논쟁은 이런 이치의 선로를 크게 벗어나지 않았다. 그러나 이제 정말 다른 시대가 온 걸까. 성장도 더디고 분배도 신통치 않은 오늘, 하나를 버리면 다른 하나를 취할 수 있다는 확신조차 점점 희미해진다.

오늘의 위기를 불러온 건 따지고 보면 인간의 과욕 때문이었다. 그러나 그 욕망이 인간의 역사를 이끌었음도 부인할 수 없다. 번영을 가져온 동력도 위기를 초래한 발단도 그 험로를 이겨내고 기회를 만들어내는 힘도, 모두 욕망이었다. 판도라의 상자를 연 것은 호기심이었지만 상자 안에 있던 모든 행복과 모든 불행도 결국 욕망의 산물이었다. 그걸 이해하는 여정이 '문학'이라면, 그 욕망을 기물로 삼아 시장을 움직이는 게임이 '금융'일 것 같다.

이제 우리에게 필요한 혁신은 무엇일까. 그 혁신을 위해 우리는 어떤 욕망을 품고, 무슨 꿈을 꾸어야 할까. 혁신은, 양립할 수 없다고 믿고 있던 것들을 조화롭게 마주 세우는 일이라 생각한다. 지진으로 크게 흔들려버린 노멀의 언덕을 바라보며 놀란 가슴들을 달래고 지친 이 시대가 감당할 만큼의 욕망은 과연 어디까지일지 고민해본다. 별을 보고 꿈을 꾸고 삶을 적실 노멀의 언덕을 오늘도 마냥 바라본다.

잉여의 시대

금수저가 외쳤다. 부모 잘 만난 것도 실력이라고. 쌀쌀했던 봄날, 대학에서 처음 배운 말은 '효율'이었다. 외환위기의 그늘이 채 가시지 않았던 시절, 거리에는 여전히 노숙자들이 넘쳤다. 높은 금리는 좀처럼 떨어질 줄 몰랐고, 모델하우스 주변 쫙 깔린 '떴다방'에선 웃돈이 붙은 분양권이 신나게 사고 팔렸다. 길에서는 손쉽게 신용카드를 발급해줬고, 로또는 판매되자마자 세간의 비상한 관심을 모았다.

대박이 터지자 '인생역전'이란 말도 생겼다. '닷컴'을 연호하는 개미들이 주식 전광판 앞에 구름처럼 모여들었다. 정부는 위기를 극복했다며 자축했지만, '개혁'은 멀게만 느껴졌다. 침체의 늪은 가난한 이들 앞에 더 길게 펼쳐졌고, 모두 주춤거리는 사이 양극화는 더 깊게 뿌리내리고 있었다. 사람들은 누구도 주지 못한 희망을 로또와 주식에서 찾았다. 취미삼아 복권을 긁었고 무모한 '몰빵'도 서슴지 않았다. 철밥통과 로또의 포트폴리오, 우린 그런 걸 효율이라 불렀다.

효율의 그늘

효율을 추구하는 사회에서 비효율은 만연했다. 오히려 사회 전체의 비효율은 더 커졌을지 모른다. 적게 씨를 뿌려 더 큰 성취를 이루려는 효율의 정신은 필연적으로 잉여를 낳았다. 부분의 합이 전체가 될 수 없듯, 부분적인 효율이 꼭 전체로 이어지는 건 아니었다.

그렇게 사회 곳곳에 축적된 잉여는 결핍을 채워주기는커녕 대물림될 뿐이었다. 잉여는 스스로를 지키기 위해 안간힘을 썼다. 벽을 높여 성城을 지었고, 호가호위狐假虎威를 좋아하는 사람들을 불러 모아 사병을 조직했다. 그들에겐 더 많은 기회가 주어졌고, 성 밖 허름한 초가에는 꽤 엄격한 기준이 적용되었다. 스탕달Stendhal이 「적과 흑」에서 그린 쥘리엥 소렐처럼, 재능 있고 비천한 어떤 인재들은 그 대단하다는 성주의 기사騎士가 되기 위해 소신 같은 건 헌신짝처럼 버리기도 했다. 무엇이든 조금이라도 연緣이 닿으면 손을 맞잡아 세勢를 구축했고, 가장 굵은 밧줄을 꼭 잡고 성공의 가도를 달렸다. 공정사회는 성 밖에만 존재하는지도 몰랐다. 경쟁은 나날이 치열해졌고 힘없는 젊음은 '노오력'을 해야 간신히 성에 들어갈 수 있었다. 그런 흙수저들에게, 어쩌다 성에 태어난 건, 운이 아닌 실력 덕분이라고 말하는 잉여들의 태연한 얼굴에는 우리가 그토록 신봉했던 효율의 그늘이 짙게 드리워져 있었다.

우연의 힘

영화 〈애수〉로 더 알려진 로버트 셔우드의 희곡 「워털루 브리지Waterloo Bridge」에선 인간의 삶을 비극으로 만든 우연에 관한 슬픈 이야기가 펼쳐진다. 영국군 대령인 로이와 무용수 마이라는 런던 템스 강의 워털루 다리에서 우연히 만나 첫눈에 반한다. 예쁘게 사랑을 가꿔가던 어느 날, 로이는 전장으로 끌려가고, 그를 배웅하기 위해 무용단을 무단으로 이탈했던 마이라는 공연시간을 맞추지 못해 거기서 쫓겨나고 만다. 살 길이 막막해진 마이라는 일자리를 구하기 위해 거리를 헤매다 로이의 이름을 전사자 명단에서 우연히 보게 되고, 그가 죽은 줄 알고 크게 상심한 마이라는 친구와 함께 거리의 여자로 전락하고 만다. 한참 뒤 로이는 건강히 살아 돌아오지만 마이라는 그에 대한 죄책감에 시달린다. 결국,

마이라는 자신과의 결혼을 꿈꾸는 로이를 뒤로한 채 안타깝게도 스스로 생을 마감하고 만다.

인생은 수많은 우연이 도편陶片처럼 모여 이루어진 모자이크 같은 건 아닐까. 줄리엣이 조금만 더 빨리 잠에서 깨어났다면 로미오가 죽는 일은 없었을 테고, 베토벤이 귀를 먹지 않았더라면 아마 불세출의 피아니스트로 이름을 남겼을지도 모른다. 푸시킨이 사교계의 미인을 아내로 맞이하지 않았다면 연적과 결투하다 총질에 죽는 어처구니없는 사건은 일어나지도 않았겠지만, 그만한 아픔과 고민이 있었기에 "삶이 그대를 속일지라도 노여워 말라"라는 말도 남길 수 있지 않았을까.

효율을 높이기 위해 무리지어 일하고 필연을 쫓아 합리적이기 위해 무던히도 애쓰는 오늘, 우린 정말 그렇게는 살고 있는 걸까. 한강 다리가 내려앉고, 백화점이 무너지고, 그날 그 배는 왜 그렇게 가라앉은 걸까. 광화문광장을 가득 메운 저 사람들은 왜 저렇게 분노하고 있는 걸까. 많은 이들이 들어가길 원하는 저 성 안엔 과연 무엇이 있는 걸까. 사람 행세를 하려면 대학에는 가야 하고, 대학에 들어가선 군대를 가야 하고, 제대한 뒤에는 취업, 그 모든 걸 마치면 결혼해야 한다는 사회가 정한 틀, 효율적이라고 검증되었기에 '표준'

이라 불리는 그 질서 속에 갇혀 살아온 청춘에게 이 시대는 갑자기 창의성을 요구한다.

실패를 허용하지 않는 교육을 받고 자란 세대에게 실패 따윈 두려워 말라고 주문하기도 한다. 이젠 과감히 모험을 할 때라고도 말한다. 그러나 넘어지면 함께 달리던 대열에서 영영 뒤처지는 싸늘한 분위기에서, 비효율은 그냥 실패를 의미했고 우연에 기대는 삶은 어리석을 뿐이었다. 효율이 꼭 성공을 보장하는 것도 아니었고 삶은 숱한 우연의 연속이었지만, 일단 우리는 그렇게 살고 보았던 게다.

꼭 필요한 만큼의 효율

뭄바이 일대에서 날마다 인도 직장인들의 점심 도시락을 배달하는 다바왈라Dabbawala는 무려 백여 년간 그 명맥을 이어오고 있다. 19세기 말 남북전쟁을 치른 미국은 그때까지 자체적으로 생산하던 목화의 상당량을 인도로부터 수입하기 시작했고, 목화의 수출항으로서 뭄바이는 경제적인 도약을 시작한다. 비슷한 시기 야심차게 개통된 수에즈 운하 덕택에 뭄바이는 유럽과의 무역에서도 빼놓을 수 없는 항구로 거듭난다. 도시 경제가 빠르게 일어서자 뭄바이에는 계속해서 회사들이 들어섰고 일감을 찾는 사람들이 잔

뚝 몰려들었다.

상업이 활기를 띠기 시작했지만 뭄바이엔 끼니를 때울 밥집이 턱없이 부족했고, 다바왈라들은 가정에서 만든 도시락을 고객들에게 배달하기 시작했다. 아침에 갓 지은 따끈한 밥에는 목적지와 우선순위에 따라 색을 달리한 꼬리표가 달려 정오 무렵 주문한 사람들을 정확히 찾아가고, 오후가 되면 제 몫을 다한 텅 빈 도시락들은 모두 수거되어, 기차에 자전거를 타고 제 집으로 돌아오게 된다. 무려 수십만 개의 도시락이 일터로 나갔다 집으로 돌아오면 고단한 하루도 끝나는 거였다.

다바왈라가 되기 위해 필요한 건 성실한 노동뿐. 글을 읽을 줄 몰라도 건강한 몸에 정확한 시간관념만 있다면 충분했다. 신기할 것도 없고 탄성을 자아낼 만큼 효율적이지도 않은 이 평범한 배달 서비스는, 요새 글로벌 기업들이 꼭 가지고 싶어 하는 전문성이나 첨단과는 거리가 한참 멀다. 식스 시그마Six sigma에 대한 개념이 희박하고 빅데이터 분석 같은 건 할 줄 몰라도, 다바왈라들을 향한 고객들의 만족도는 여느 기업들이 쉽게 따를 수 없는 수준이다. 위대한 기업들이 앞다퉈 이 인도의 도시락 배달부들을 벤치마킹하고 세계 곳곳의 경영학도들은 그들의 밥벌이를 곱씹어본다. 시대의 요구를 한참은 충족시키지 못한 사람들이 백 년이 넘게 굳건히 지켜온 순도 높은 가치는 과연 무엇이었을까.

잉여의 시대

화려한 삶과 덜 화려한 삶은 있을지 몰라도 성공적인 삶과 그렇지 않은 삶을 나눌 수 있는 걸까. 가격 대비 성능을 잘도 따지고, 멀리 우회하는 걸 어리석은 짓이라 여기고, 누가 알아주지 않을 것 같으면 아무래도 대충해버리는 우리는, 인생은 필연으로 가득 차 있고 효율적인 삶이 성공을 보장할 거라 착각하는 건 아닐까.

정성껏 조각한 비석이 하룻밤 사이 벼락을 맞아 산산조각나고, 운이 트여 순풍을 만나면 하룻밤에도 배가 먼 바다를 건너는 걸, 우린 우연이라 부른다. 인생은 그런 우연이 우리 운명에 던져놓은 수많은 도편들을 모아 필연으로 맞춰가는 거였다. 운명은 분명히 노력으로 극복할 수 있지만, 그렇다고 사람이 운명을 완전히 지배할 수 있는 건 아니었다.

다바왈라쯤 없어도 이제 뭄바이 직장인들이 점심 끼니를 굶는 일은 없겠지만, 그들을 기다리는 사람들이 여전히 수십만에 달하는 건 왜일까. 태어나면서 우리는 온갖 교육을 경쟁적으로 받으며 도화지를 채워간다. 성인이 되면 그렇게 마구 채워진 도화지를 한 장씩 들고 사회란 곳에 나아가는 거였다. 이게 나라고. 이게 내가 가진 거라고. 빼곡하게 채워져 무엇 하나 더 그려넣기 힘든 백지에 일과 사람을 향한 진심, 그 마음은 과연 있기는 한 걸까.

한때 누군가에게 '개돼지'로 불렸던 많은 사람들이 광장으로 나아가 뒤늦은 후회를 하는 오늘. 어쩌면 우리가 힐난하고 있는 그 잉여들은 고스펙을 향해 바벨탑을 쌓아올리는 데만 정신이 팔려 있던 우리의 부끄러운 과거가 잉태한 괴물은 아닐까. 어떤 이의 말처럼 이 또한 지나갈진 모르겠지만, 거울에 비친 나보다 다른 이의 눈에 비친 내가 더 중요한 시대, 알맹이가 빠져 있어도 급조된 과실果實 몇 알을 필생의 업적처럼 부풀리는 격格이 낮은 사회가 지속된다면 괴물들의 출현은 계속될 것이다.

효율의 둥지에서 안락하게 살던 이 시대의 잉여들. 우리의 가치가 바뀌지 않는 한, 이 불행한 '잉여의 시대'는 결코 끝나지 않을 것이다.

용기 있는 리더의 품격

스스로 이룬 학문을 '그릇된 식견'이라 칭했던 퇴계는 세상을 떠나는 날 아침, 곁에 있던 사람들에게 매화에 물을 주라고 일렀다. 그날 오후, 조선 최고의 지성은 병석을 정리하고 좌정했다. 그리고 앉은 채로 영영 잠이 들었다. 온 나라가 슬퍼했지만 정작 그는 자신의 죽음에 대해 담담했던 것 같다. 스스로의 학문을 그릇된 것이라며 한껏 몸을 낮춘 그 내공을 짐작하게 한다.

글로벌 사회와 겸양

동양사상에 심취했던 독일의 문호 헤르만 헤세도, 인생의 끝자락에서 심장의 고동이 희미해지더라도 미소를 잃지 않는 법을 터득하는 것은, 배우지 않고선 참 이르기 힘든 경지라고 말했다. 소위 '수신'이나 '체찰'이라 부르는 덕목인데, 서구식 교육이 지배하는 요즘 학교에선 잘 가르치지 않을 뿐 아니라 우리 사회에서 리더로 불리는 사람들이 비전을 말하기에 앞서 함양했으면 하는 가치이기도 하다.

보이지 않는 것을 보지 못하는 사람들에게 굳이 보여주지 않고도 느낄 수 있게 하는 경지. 산전수전 다 겪으며 나이가 든다고, 지식을 익혀 전문가가 되어도, 문제해결 능력이 남달라 최고라는 명성을 얻는 대도, 모두에게 훌륭하다는 평판을 백날 들어도, 쉽게 이를 수 없는 그 경지. 욕망의 사슬에 꽁꽁 묶인 자신을 온전히 버리지 않고선 도달하기 힘들 것 같은 정신의 성숙. 그런 리더라면 우쭐대지 않고 진화를 거듭할 수 있을 것이다.

미래를 이끌 비즈니스 리더를 길러낸다는 그럴듯한 구호를 외치는 MBA에서는 정작 '겸손'을 가르치진 않는다. 내가 다녔던 학교에서도 용기와 모험정신, 책임감과 다양성, 전문성과 팀워크 등 화려한 말을 핵심가치로 꼽아 2년 동안 귀에 못이 박히도록 가르쳤지만, 학교가 우리에게 체화되길 바랐던 위시리스트에 겸손 따위 없었다.

제 잘난 이들이 모여 저마다 팀을 이루고 동문이라는 커뮤니티를 만들어 우린 한가족이라 외쳐댔지만, 웬만한 내공도 없이 자신을 낮추었다간 그냥 아랫자리로 내려앉는 거였다. 빈말로 남을 추어줄망정 빈말이라도 자기를 낮추면 아니 되는 곳. 겸손은 말이 아닌 행동으로 보여주는 것. 작은 글로벌 사회에서 내가 살아가는 법이었다.

가면 속의 진실

한국을 떠나 있던 이태. 우리나라는 변하지 않았다. 출국할 때는 없던 '헬조선'이란 신조어가 나라 전체로 퍼졌다. 그리고 그 말은 결국 바다를 건너 내게도 들려왔다. 중산층의 지갑이 차츰 얇아지다가 중산층마저 얇아지긴 미국도 마찬가지였고, 자국의 정치에 특별한 기대를 하지 않기는 미국인들도 크게 다를 바 없었지만, 한국인들이 느끼는 절망감은 유난히 깊어 보였다.

변해야 할 게 변하지 않았다면, 그건 아마도 악화되었다는 뜻일 게다. 나아질 거라 기대했지만 양극화는 거의 해소되지 않았고, 그런 나라를 확 떠나고 싶다는 젊음들의 푸념은 끊임없이 이어졌다. '아프니까 청춘'이라던 지식인은 꼰대 소리까지 들으며 비판받았다. 입만 열면 국민, 국민을 외치던 사람들도 먹고살기 위해 제 밥그릇부터 챙겼고, 사회는 할 수 없이 과하게 밥을 챙긴 이들을 따로 골라 힐책했다.

자본주의 사회에서 부자라는 게 과연 비난받을 이유가 되는지는 모르겠지만, 정당하지 못한 어떤 부자들은 손가락질을 받을 만했다.

삶이 촛불처럼 흔들리고 춤사위는 어지러운 오늘, 우리는 어디에 서 있는 걸까. 어느 날 차가운 바다 밑으로 가라앉은 그 사연 많은 배가 여태 굳게 입을 다물고 있는 것처럼, 가진 사람들의 야릇한 입꼬리 끝에 머문 그 침묵은 의혹을 눈덩이처럼 키워만 가고 있다. 신뢰가 깨져버린 사회에서 가면 뒤에 숨은 진실은 파헤치면 파헤칠수록 우리 손으로부터 멀어져만 갔다. 용기 없인 잡을 수 없는 게 진실이라는 슬픈 사실이, 진실을 쫓던 이들이 깨닫게 되는 유일한 진실인 것 같았다.

빛과 그림자

대학 시절 어떤 교수님은 자신의 인생에서 두 번의 변곡점이 있었다고 했다. 한번은 군 생활, 다른 한번은 독일에서의 유학이라는 거였다. 특히, 유학 시절 후진국의 가난한 유학생으로 유럽에 건너가, 참 많은 것을 보았고 많은 생각을 하게 되었다는 말도 덧붙였다.

그로부터 십여 년이 지나 나도 유학이란 걸 갔다. 거대한 혼란에서 한 걸음 물러나 내가 살던 세상을 멀리서 보았다.

나와 나를 둘러싼 주변의 한계와 가능성이 파란 하늘의 흰 구름처럼 드문드문 얼굴을 내밀었다. 내가 걷고 있는 시대, 우리 세대가 할 수 있는 일과 하기 힘들 것 같은 일이 보였다. 우리 뒤를 걷게 될 사람들이 무얼 어떻게 해야 좋을지 생각해보기도 했다.

코리아는 외국인들에게, 특히 아시아 사람들에게는 대단한 이름이었다. 국적을 이야기할 때마다 머뭇거려야 했던 필리핀 아이, 날 보면 말춤을 추어달라 조르던 베트남 친구, 뿌리 깊은 문화에 대한 자부심은 강해도 국가의 개념은 좀 약했던 머리 좋은 인도 친구에게 한국은 참 부러운 나라임에 틀림없었다. 혼란스러운 자기 나라는 지도상에서 곧 사라질지도 모른다고 냉소하던 베네수엘라 친구를 보며 제 나라에 수치심이 아닌 자부심을 느끼는 것도 큰 행운이란 생각이 들었다. 서울 지하철 노선이 무려 아홉 개라며 다섯 개뿐인 비엔나보다 더 큰 것 같다고 말하던 오스트리아 친구도 과거 적대 관계였던 미국은 아주 위험한 나라라며 우스갯소리를 하던 아르메니아 친구에게도 한국의 발전상은 경이로웠다.

빛과 그림자가 나란히 손잡고 달리는 역사라는 경주. 나

라 밖에서는 이제 듣기조차 힘든 '냉전冷戰'이란 낡은 단어
가 남긴 이념의 이분법을 여전히 깨지 못하는 나라, 우리 대
한민국. 한국의 현대사를 지켜보던 외국인들은 그들이 수
백 년씩이나 걸려 겨우 만든 빛을 단숨에 움켜쥔 우리나라
에 찬사를 보내며, 그 빛이 남긴 그늘도 주목하고 있었다. 한
일본 친구는 한국보다 일본이 나은 점은 청렴이라 말하기도
했고, 어떤 교수님은 산업화를 이뤘지만 한국은 아직 세계
시장을 지배할 만한 경쟁력은 없다고 꼬집었다. 쉼 없이 올
라가려 했고, 남보다 빨리 목적지에 당도하려고만 했던 우
리가 그동안 잊고 지낸 건 과연 무엇이었을까.

리더의 품격

프랑스에서 산업화가 한창 진행되던 시절. 그 활기차고
암울했던 시기, 「목로주점」과 「나나」를 통해 사회 밑바닥을
세밀하게 그린 자연주의 소설가 에밀 졸라는 '드레퓌스 사
건'으로 프랑스 정치 논쟁의 한복판에 선다.

프로이센 군대에 파리의 심장인 베르사유 궁전을 점령당
한 프랑스인들은 놀라운 결속력으로 비스마르크가 요구한
전쟁 배상금을 지불해버린다. 반독일 감정이 팽배하던 그
시절, 프랑스 대위였던 드레퓌스가 독일에 군사 정보를 제

공했다는 혐의로 체포되어 종신형을 선고받는다. 그 후 진범이 발견되었지만 군부는 그의 결백을 은폐하려 했고 드레퓌스는 계속 죄인으로 남았다. 당시 프랑스의 유명한 작가였던 에밀 졸라는 「나는 고발한다」라는 사설을 통해 문제를 제기했고 이는 사회적 이슈가 되었다. 이때 졸라는 자신의 작품과 작가로서 쌓아온 그의 명성을 사건의 진실을 밝히는 데 모두 걸겠다고 선언했다. 그러나 그는 국가권력을 모략했다는 이유로 고초를 겪고 망명길에 오른다. 졸라는 어두운 노년을 보내다 세상을 떠났지만 진실의 편에 용기 있게 선 양심적인 지성으로 빛나고 있다.

우리가 이념의 틀에 갇혀 쉬 빠져나오지 못하는 건 그보다 더 차원이 높은 정신적 구심球心을 여태 찾지 못해서일 것이다. 빨리 일어설 수 있어 좋았지만 빨리 지은 집에는 빠진 벽돌도 많은 법이다. 한국이 선진국들과 어깨를 나란히 할 만한 점들이 많다고 해도, 선진국에서는 쉽게 찾을 수 있는 정신적 리더들은, 없다. 사회에는 늘 풀기 어려운 문제들이 산적해 있고 다툼과 갈등은 끊임없이 이어지지만 앞선 나라라면 이념을 초월해 누구나 귀 기울여보고 싶은 현자들이 있다. 그들은 정답을 제시하지도 판결을 내리지도 않는다. 그저 조용히 낮은 곳에서 오랫동안 갈고 닦은 지혜를 소신껏 밝히는 용기를 가지고 있을 뿐이었다.

전문가도 많고 일 잘하는 실력자들은 많아도 스스로를 낮추며 양심을 지키는 용기 있는 리더는 드문 우리나라. 가장 훌륭한 지도자는 사람들에게 그 존재 정도만 알려진 사람이라고 하지 않았던가.

오늘 자신에게 적이 있다면 그건 겸손하지 않아서일까. 촛불이 캐럴을 덮은 겨울, 난 과연 더 낮아질 수 있을까.

제7장

커피 한 잔의 아침

돌담길

아버지를 잃은 지 여드레째다. 오늘 새벽에도 아버진 돌아오지 않았다. 정동貞洞의 새벽, 돌담길을 걷는다. 눈물진 얼룩을 덮어주려는 듯 밤새 하얗게 눈이 내리고, 아무도 걷지 않은 이 태초의 길을 어머니와 함께 걷는다.

삶과 죽음을 가르듯, 돌담은 담 안과 담 밖을 명징하게 갈랐다. 담벼락 밖에 서 있는 나는, 저 안의 일을 알지 못한다. 그건 안에서도 그러할 것이었다. 서로가 각각이기에 그 각각은 어느 한편에서는 공존할 수 없기에, 우리는 안과 밖을 반대말이라 부른다.

죽음은 단순했다. 불러도 대답이 없는 거였다. 아버지의 마른 육신을 끌어안고 어머니는 슬피 울었다. 어머니는 길게 울었고, 우리는 따라 울었다. 울음은 울음을 낳고 그 울음이 다시 울음을 낳아 울음은 바다가 되었다.

대한문大漢門에서 출발한 걸음걸음이 덕수궁 돌담길을 따라 이어진다. 뽀득, 뽀드득. 이 소리는 내가 살아 있다는 증거이다. 수북한 눈길의 정취가 담벼락 굽어진 저 끝에서 아늑히 사라지고. 마른 겨울 가지 위로 사뿐히 내려앉은 눈꽃에 참새 하나 시린 부리를 모아 입을 맞추면, 후두둑 눈비 내리는 소리가 생기를 불어넣는 세상의 아침.

이윽고 둥근 분수대에 이르고, 삶은 다시 여러 갈래로 나뉜다. 왼편에 선 저 미술관은 어릴 적 로댕의 조각전을 보았던 곳이다. 삶과 죽음, 그 갈림길에서 〈생각하는 사람〉은 옷마저 벗어던진 채 우두커니 앉아 있었다. 인간의 숙명을 청동의 육감으로 응결한 그 조각 앞에서, 어머니는 이런 게 바로 예술이라 하셨다. 아버지는 곁에서 고개를 끄덕이셨다. 그로부터 십여 년의 세월이 흐르고, 아버지는 기어이 생에서 사를 몸소 보여주셨다. 돌아가신 아버지를 침대 위에 일으켜 앉혔을 때, 아버지는 꼭 '생각하는 사람' 같았다. 열아홉 이후, 생의 여정에 아버지는 없었지만 선택의 기로에 설 때마다 당신의 등신상等身像을 가슴 속에서 꺼내어 응시하곤 했다.

추억이 하얗게 쌓인 미술관의 돌계단을 뒤로 하고, 산 사람들은 삶의 길을 간다. 무작정 걷는다. 하관下棺을 차마 감당할 수 없었던 그날로부터 수능시험을 멍하니 치러야 했던 어제에 이르기까지, 다만 포기를 위해 살았던 지난 일주일을 회억한다. 기다림 끝에 포기할 때는 허탈함이라도 있었건만, 포기를 위해 기다린다는 건 그 어떤 감정도 아니었다.

이화여고를 지난다. 문득 어머니가 말을 건넨다. 아가, 영화 한 편 볼래? 경향신문사 옆 골목에 소극장이 하나 있었다. 〈라이언 일병 구하기〉. 라이언을 구하기 위해 다른 부대원들이 사지死地로 뛰어들어 모조리 죽는 이야기였다. 거기에는 '최대 다수의 최대 행복' 따위 없었다. 만일, 숫자가 그리도 중요했다면 라이언 한 명의 삶을 나머지 죽음과 맞바꿔서는 안 되는 것이었다. 라이언은 살았지만 행복하지 않았다. 설령, 라이언만 죽었더라도 그건 마찬가지일 것이었다.

죽음은 사슴의 무리를 쫓는 초원의 치타처럼, 삶을 쫓고 덮친다. 딱히 이유도 없고 정해진 순서도 없었다. 누가 먼저랄 것도 없이 죽음의 그림자는 삶을 삼켰다. 그렇게 아버지는 떠났다. 주린 배를 채운 죽음은, 잠시 사냥을 멈추고 어디선가 낮잠을 청하는지도 몰랐다. 초원의 법칙은 냉정했다. 살아남은 사슴들도 언젠가는 저렇게 떠날 것이었다.

그날 처음 돌담길을 걸은 후, 나는 그 길을 걷고 또 걸었다. 그렇게 하루가 하루씩 부스러지고, 열두 해가 흘렀다. 돌담길에도 봄꽃은 다시 피었다. 바람이 불자 라일락이 고개를 흔들며 하얀 비를 머리 위로 내린다. 꽃잎은 시간의 자취처럼 내려앉았다. 그리움은 바람처럼 먼 데서 소리 없이 왔다. 걸음이 깊어갈수록 나이를 먹어갔다. 아들은 아버지가 되고, 다시 그 아비의 아들이 아버지가 될 것이다.

거울의 방

거울을 밀었다. 또다시 거울의 방이다. 출구를 찾아 종일 헤맸지만, 난 여전히 미로迷路 안에 갇혀 있다.

세상은 거울의 방. 이 방엔 반듯한 거울은 없다. 볼록거울, 오목거울, 녹이 슨 청동거울, 그리고 저 유명한 백설공주에도 나오는 요술거울까지, 세상은 요지경瑤池鏡인 모양이다. 그런 세상 앞에 날 세우면, 그 속엔 어김없이 날 닮은 타인이 있었다. 가로로 늘어지고 세로로 오므라든 저 일그러진 형상은 세상의 눈에 비친 나의 모습이었다. 놀라웠던 건, 요술거울 속 내 모습은 거짓말처럼 멋졌다는 것이다. 그렇게 왜곡되는 내 모습이 싫어 난 오늘도 출구를 찾았다.

사람들의 눈에 비친 타인의 모습은 낯설기 그지없다. 인간은 그 낯섦에 자신의 낯익음을 불어넣는다. 마음대로 생

171

각하고 멋대로 이해하며, 자신의 상상 속에서 새로운 인간을 지어낸다. 그 중엔 한없이 선한 천사도 있었고 난폭하기 그지없는 악당도 있었지만, 정작 착하면서 나쁘기도 한 우리들의 참모습은 없었다. 팔은 안으로 굽는다지만 살천스러운 우린, 익숙하지 않은 것을 너무도 사랑하지 못했다. 한 꺼풀만 벗기면, 그 안에 낯익은 속살이 고운 자태를 부끄럽게 숨기고 있을지 모르거늘, 겉 다르고 속 다른 것도 모자라 그나마 보이는 외양마저 색안경을 끼고 바라보고 있었다.

그랬다. 사회적 존재인 난, 태어날 적부터 이곳에서 살았다. 하늘의 뜻이 없인 이 방을 나갈 수 없는 게 인간의 숙명이었다. 거울 속 자아와의 만남. 분신과의 조우遭遇. 오늘도 우린 수많은 거울에 비친 수백, 수천의 우리와 만난다. 근두운筋斗雲을 타던 손오공처럼 도술을 쓸 순 없어도, 살다보면 적당히 날 닮은 숱한 나를 잉태하게 마련이었다. 산꼭대기에 다다르면 미끄러지길 반복한다는 커다란 돌덩이를 매일처럼 산 아래로부터 밀어올려야만 했던 슬픈 시시포스Sisyphos의 하루처럼, 거울의 방에서도 그런 부질없는 매일이 돌고 돌았다.

그래도 한 가지 소망은 있다. 어차피 이 방을 나갈 수 없는 운명이라면, 거울이 아닌 투명한 유리의 방에서 살고 싶다. 평평한 거울도 싫다. 그저 맑고 투명한 유리였으면 좋겠다. 어차피 세상엔 에이도스eidos를 온전히 비춰줄 그런 명경明鏡은 없을 것이었다. 닫힌 공간에 갇힌 사람에겐, 한 줄기 빛을 선사할 투명한 창窓이 절실했다. 더욱이 나와 다른 자아를 기어이 보아야만 하는 이곳에서는.

오늘 밤 꿈속에선, 베르사유 궁전으로 가고 싶다. 그곳에 있는 거울의 방으로. 인간의 경탄을 자아내고 사람의 마음을 현혹시켰던 귀족들의 허영에 찬 삶, 그 무도회의 현장에서 내일을 대비한 예행연습이라도 해야 하지 않겠는가. 얼짱각도. 그런 것이라도 지어 보여야 하는 것일까. 배시시 웃으며, 내일은 희극배우가 되어보자. 어차피 인생은 코미디가 아니던가.

곤충의 친구

평택에서 군 복무를 할 때다. 내가 지내던 방은 숙소의 일층에 있어 편리한 점이 한두 가지가 아니었다. 아침운동을 위해 새벽같이 일어나는 나에게, 출근을 앞둔 이삼십 분의 여가는 누구도 방해하지 않는 달콤한 아침잠 시간이었다. 출근 시간 임박해 방을 나선 대도 일층에 사는 나는, 계단을 내려가는 시간만큼을 아껴 잠을 더 잘 수 있는 이점을 누렸다. 퇴근할 때도 계단을 올라가는 만큼의 수고를 덜 수 있었다. 난 그렇게 계단을 오르내리지 않고 아껴둔 힘으로 전투화도 손질하고 군복도 다듬었다. 뿐만 아니다. 부대에서 전달사항을 늘 일층 칠판에 공지하기에 난 새 소식을 수시로 접할 수 있었다.

그런데 여름이 되면서 귀찮은 일이 생겼다. 날씨가 습하고 무더워지면서 제멋대로 창궐한 벌레들이 가까운 일층부터 습격하기 시작한 것이다. 추측컨대 건물 앞 잔디밭에서 부화한 적지 않은 수의 벌레들이 문틈으로 잠입하여 버젓이 기거하는 모양이었다. 처음에는 애완곤충도 키우는데, 그까짓 벌레 몇 마리쯤이야 하며 그냥 두었던 게 그 개체수가 급증하여 급기야 '사람의 방' 아닌 '곤충의 방'에 사람이 붙어사는 꼴이 되고 말았다.

소위 '충우蟲友'라 하여 '곤충과 친구들'이란 앳된 이름의 곤충애호단체도 있다는 얘기는 익히 들은 바 있다. 한때 인기를 모은 '서태지와 아이들'이 서태지가 중심이 된 것이듯, '곤충과 친구들'은 분명 곤충이 주가 된 단체임에 틀림없었다. 하지만 파브르도 아니요, 살생유택殺生有擇이 신조도 아닌 내게, 곤충을 보호하고 아낄 의무는 없었다. 새벽녘 잠자리에서 일어나 침대 아래로 발을 딛었을 때, 무언가 간지러운 느낌으로 전달되는 생명의 움직임이, 불을 밝히는 순간 지네나 쥐며느리의 가녀린 발버둥이었다는 것은 너와 나 모두에게 비극이었다.

그랬다. 우린 그렇게 공존해서는 안 되는 운명이었다. 너희는 밖에서 나는 안에서 살아야 했고, 나는 밖으로 나가도 되지만 너희는 안으로 들어올 수는 없는 것이었다. 생명에서 생명으로 전달되는 기氣를 느끼기에 너희는 너무 미미한 존재였고, 난 스스로 너무 우월했다. 그래서 난 곤충들을 나의 적으로 삼아 척결하기로 했다.

그래 며칠 동안 겁도 없이 내 방을 종횡무진하는 곤충들을 쭉 살펴보았는데, 실로 다양한 녀석들이 둥지를 틀고 있었다. 바닥엔 어릴 적 이후 10여 년 만에 다시 구경하는 집게벌레를 비롯하여, 다리가 몇 개인지 셀 수 없는 지네, 가까이 가면 다소곳이 걸음을 멈추는 쥐며느리, 나에게 애원하듯 두 다리를 모으는 손가락만 한 사마귀, 밤마다 울어대며 암컷을 찾는 귀뚜라미까지 살고 있었다. 이들 중에는 쥐며느리와 같이 차마 곤충이라 부르기 어려운 절지동물도 있었지만 모두 '벌레'란 넓은 부류에 포함하기로 했다. 공중에는 파리와 모기, 큼직한 나방들이 마음껏 비행하고 있었다. 거기다 천장 구석에 집을 짓고 밧줄을 타고 내려와 함부로 땅을 나다니는 거미까지, 그 무리에 섞여 지내던 나 역시 곤충이 된 것만 같았다.

그래도 최대한 신사적인 방식으로 제거하기 위해 나는, 방문의 틈새를 메우고 두 종류의 약을 구해 보이는 대로 뿌리며 그들이 고요한 죽음의 시간을 맞도록 했다. 가장 맘 아팠던 것은 암컷이 있을 리 없는 내 방에서 애처롭게 짝을 찾다 시끄럽다는 이유만으로 최후를 맞이한 '귀뚜라미 군君'의 죽음이었다. 나는 새벽 일찍 일어나야 했기에 귀뚜라미 울음은 잠을 청할 때마다 여간 방해가 되지 않았다. 고민이 되었다. 짝을 찾기 위해 울어대는 생명의 본능을 정녕 탓할 수는 없었기 때문이었다. 그렇게 임을 기다렸을 귀뚜라미에게 사랑스러운 암컷 대신, 내가 주는 죽음의 약이 귀뚜라미 군의 순수한 두 더듬이에 드리워질게, 군의 입장에서 너무 기막힐 것만 같았다. 귀뚜라미는 연약할 것이었다. 죽이기 위해 군이 많은 약을 먹이지 않아도 족했고, 죽이기까지 그리 오랜 시간을 기다릴 필요 또한 없었다. 그래서 나는 귀뚜라미만큼은 죽이지 않기로 했다. 하지만 사경四更까지 구슬피 짝을 찾는 귀뚜라미는 여전히 잠자리를 방해하고 있었다. 날이 밝기 전 난 군君에게 약을 조금만 주었다.

일주일 내내 보이는 대로 벌레에게 약을 뿌려대자, 나를 봐도 아무렇지도 않게 유유히 걸어다니던 녀석들이 나를 무서워하기 시작했다. 그 전에는 퇴근을 하고 방에 돌아오면 으레 나의 입장 따위는 아랑곳하지 않고 묵묵히 제 할 일들을 하고 있었다. 침대 밑에서 서랍장 밑으로 짝을 이뤄 나란히 걸으며 산책을 즐기는가 하면, 말없이 거미집을 짓는 일에나 열중하며 먹이찾기에만 분주했다. 사람이 우습게 보였는지, 내가 가까이 다가가도 긴장하는 기색이라곤 없었다. 그러나 그 며칠 못살게 굴었더니 언제부터인가 날 보면 재빨리 피하기 시작했다. 한번은 문 쪽으로 의자를 두어 책을 읽고 있었는데, 잠시 외출을 나갔던지 지네 한 마리가 문틈으로 들어오다 날 물끄러미 쳐다보더니 들어왔던 그 구멍으로 다시 나가는 것이었다. 나는 그제야 내가 미처 메우지 못한 틈이 있다는 걸 알았고, 그 지네는 영영 들어올 수 없었다. 그렇게 난 그들과 적이 되고 말았다.

세상엔 특별한 이유도 없이 함께 살 수 없는 경우가 있다. 서로 각자의 본능에 따라 각자의 삶을 살아갔지만, 그것이 공존할 수 없는 유일한 이유가 되는 것이 우리가 사는 세상인지도 몰랐다. 두 개의 원을 포개어, 포개어진 부분에 열심히 빗금을 치고 "우린 이 안에서만 살아야 하는 거야"라고 용기 있게 말할 수 있어야 했다. 그 영역이 사글세 단칸방이든 웅장한 성城이든, 공존을 바라는 생명들은 그 공간을 넘지 않는 지혜를 터득해야 했다. 아담이 이브가 건넨 사과 한 입을 베어물지 말아야 했듯, 우리의 삶엔 현상의 유지를 위해 넘어선 안 될 금기禁忌의 공간이 존재했던 것이었다. 어린 시절 짝꿍과 금을 긋고 사이좋게 나누어 쓰던 오래된 책상에서 난 그걸 발견했고, 청년이 되어 곤충과 공존의 틀을 부수며 그 사실을 확인했다.

생生은 교집합을 찾는 과정이었다. 교집합의 범위가 무한히 넓어 A집합과 B집합이 꼭 하나로 포개어질 수도 있고, 그 공통의 분모를 찾지 못해 A와 B는 영영 다른 개체로 생을 마쳐야 할 수도 있을 것이었다. 그렇게 두 생명은 만나면 서로의 교집합을 찾았고, 계속 만나며 그 영역을 넓혔고, 헤어질 땐 그 자국만을 남긴 채 두 개의 다른 집합으로 분리되었다. 그래서 생이 만남과 이별의 연속이라면, 만남과 이별 사이는 저 교집합을 찾기 위한 노력으로 채워졌다.

한 곳에서 개기일식을 보기 위해 다시 사오십 년을 기다려야 하듯 그런 만남은 긴 시간 끝에 잉태되는 것이었다. 운이 나쁘면 평생토록 태양과 달의 조우遭遇를 보지 못하듯, 일생을 통해 합당한 인연을 영영 만나지 못할 수도 있는 게 자연의 섭리였다. 더욱이 그렇게 오랜 기다림 끝에 서로 만났다 한들, 그것은 실제로 태양과 달이 포개어져서가 아니라 단지 태양에 의한 달의 그림자가 그렇게 보였을 뿐이었음이 나를 아프게 했다.

그날, 난 그렇게 많은 개체들과 짧은 인연의 끈을 끊었다.

커피 한 잔의 아침

아침이면 한 잔의 커피가 그립다. 본래 커피를 좋아하는 건 아니었지만, 언제부터인가 난 그 한 잔에 하루의 소망을 담게 되었다. 우산을 가져오지 않은 날엔 하루가 산뜻하길 기원하고, 동료들의 숨은 장점을 떠올리며 오늘은 탈 없는 하루가 되길, 잔업殘業 없는 기분 좋은 저녁이 되길, 한 모금의 커피를 넘기며 희망하는 것이다.

홀로 마시는 한 잔엔 여유가 듬뿍 배어 있지만, 함께 마시는 잔엔 부드러운 정情이 넘친다. 첫 출근을 한 지 얼마 되지 않았을 때, 나의 멘토는 종종 자판기에서 커피 두 잔을 뽑곤 내게 이야기를 건네셨다. 황급한 일이 아침부터 산적한 날, 함께 일하는 차장님은 커피 한 잔 마시고 자료를 찾아보자 하셨다. 그리고 아주 가끔씩 내 일은 커피 한 잔과 함께 참 부드럽게 넘어오기도 했다.

애연가愛煙家들이 옹기종기 모인 곳으로 가면 소곤거리는 소리가 들린다. 담배를 끊었다가 마누라 때문에 다시 피운 다는 말부터, 새로 나온 저低타르 담배가 오히려 담배를 많 이 피우게 만든다고도 하고, 야근이 없어지면 이걸 끊겠다 는 공허한 다짐을 되풀이하기도 한다. 한 손엔 담배, 다른 한 손엔 커피를 든 이들은 자욱함이 주는 '5분의 행복'을 미지근 해진 자판기 커피로 마무리한다.

국정감사로 회사에서 밤을 지새웠던 지난해 10월, 뜬눈에 몽롱한 정신으로 아침을 맞았다. 멍하니 모니터 앞에 앉아 아침 뉴스를 보고 있는데, 함께 일하는 동료가 불쑥 커피 한 잔을 건넸다. 따뜻한 라떼였다. 방금 한 친구를 만났는데 그 아이가 인편人便으로 내게 이 커피 한 잔을 보낸 것이었다. 입맛이 없어 반밖에 마시지 못했지만 난 그 정성을 하루 낮, 하루 밤 동안 차마 버리지 못했다.

유럽에선 18세기부터 커피가 유행했다고 한다. 역사의 장이 제국주의로 접어들 무렵, 식민지로부터 조달된 커피 란 음료는 하루 세 끼 맥주만 마셔대던 유럽인들에게 퍽 새 로운 것이었다. 그래서 음악가 바흐는 〈커피 칸타타Coffee Cantata〉까지 작곡하며 이들의 커피사랑을 음악으로 표현하기도 했다. 200여 년 전 보급된 커피가 '새로움'이었다면, 이 시대를 사는 우리에게 커피는 다름 아닌 '여유'일 것이다.

커피 한 잔엔, 마시는 이의 감정이 스며 있기도 하고 그의 희원希願이 녹아 있기도 하다. 스타벅스의 슐츠H. Schultz는 한 잔 커피에 그의 '성공'을 담았고, 나폴레옹 1세는 아침마다 마셨던 카페 로열의 푸른 불꽃에 '환상'을 느꼈다. 악성樂聖 베토벤에겐 예순 알의 원두로 끓인 커피가 아침식사의 전부였고, 프랑스의 대문호 발자크 역시 새벽 서너 시쯤이면 어김없이 커피를 타 마시며 '영감'을 얻고자 했다. 그런가 하면 클린턴에게 백악관을 물려준 부시G. Bush는 자택으로 돌아온 날 아침 커피 한 잔을 마시며 자신의 달라진 처지를 실감했다고 하고, 슬픈 일이긴 해도 아관파천俄館播遷 때 러시아공사관에서 커피를 즐겼다던 고종황제는 아마도 힘없는 제왕의 '설움'을 마셨을 것이었다. 무엇보다 열여덟 잔의 커피 속에 '사랑'을 키웠던, 드라마 〈커피프린스 1호점〉의 한결과 은찬이 그러했듯 연인들에게 커피란 키스처럼 달콤하다.

신입 행원 연수를 마치고 뿔뿔이 부서로 흩어졌던 우리 동기들은 금세 연수 시절이 그리워졌다. 그러면 아침 일찍 삼삼오오 만나 커피를 마셨다. 커피 한 잔의 담소談笑. 지금도 커피 한 모금 머금고 입 안에서 살살 돌리면, 그때가 떠오른다. 대학 시절에도 난 동무들과 커피를 즐겼다. 딸기잼 곁들인 와플을 한 잔의 라떼에 적시며 서로의 앞날을 이야기하곤 했다. 화제는 사랑과 진로, 이 시대와 인생을 넘나들었다. 그래서 커피 한 잔엔 내 젊은 날이 담겼다. 며칠 전 친구에게 새로 나온 책을 선물했다. 그 자리에도 커피가 있었다. 그가 산 모카커피는 감사의 징표, 내가 산 오렌지쿠키는 덤으로 건넨 마음이었다.

지구상의 수많은 전통 음료들이 각기 독특한 풍미風味를 자랑하지만, 커피만큼 대중적이지 못한 건 커피마니아 중에 영향력 있고 유명한 이들이 많아서인지도 모르겠다. 지난 세월 커피 속에 녹아들어간 갖가지 이미지는 그들의 것이 투영되고 두터워지며 굳어진 건 아니었을까. 이유야 어찌되었든 지친 하루를 사는 내게 커피는 편안한 유혹으로 다가온다.

다시 내일 아침이 기다려진다. 커피를 마시기 위해 출근을 한다면 너무 이상한 이야기일까. 우리 회사 커피숍에서도 오렌지쿠키를 팔았으면 좋겠다.

내 일터의 오아시스

금요일 오후. 주말이 코앞이다. 내 맘이 그렇듯, 부서 분위기는 한결 부드러워진다. 종일 바삐 움직이던 동료들도 이날 오후만큼은 삼오삼오 모여 짧은 대화를 건네기도 하고 이따금씩 웃음꽃을 피우기도 한다.

벽 하나를 사이에 둔 과장님들과 농담을 주고받는 것도 주로 이때다. 비록 팀은 다르지만, 책상 맞대고 이웃으로 지낸 지 어언 일 년. 그간 우리가 나눈 대화라 해봐야 한 시간도 채 되지 않겠지만, 이분들과의 부드러운 소통은 마른 땅에 내린 단비처럼 일상에 지친 나의 감성을 촉촉하게 적시곤 했다.

가끔은 팀원들과 돈 모아 간식을 사먹는 것도 재밌다. 학창 시절 제법 써먹었던 추억의 '사다리타기'는 여기서도 등

장한다. 사람 수만큼 줄을 반듯하게 긋고 그 아래에 '5,000 원, 1만 원, 꽝, …'하는 식으로 액수를 적어 잘 접은 다음, 제비 뽑듯 각자 자기 줄 하나씩을 고른다. 그 선택이 행운의 '꽝'일 수도 있지만, 1만 원 혹은 그 이상의 거금으로 이어지는 썩은 동아줄이라면…. 게다가 정말 인상적이었던 건 아무리 팀장님이라도 '꽝'이 나오면 앳된 소년처럼 좋아한다는 사실이었다.

심부름 차 어떤 부서에 가면 유독 예쁜 여직원들이 많았다. 상냥하고 친절한 미소가 맞아주는 그곳에 가면, 잠시 앉아 쉬었다 가고 싶었다. 그럴 땐 절친해도 남자 동기들의 반가운 인사말은 귀에 잘 들리지 않았다. 그러다 한참이 지난 어느 날 사내 게시판에서 그때 그 '미소천사'의 결혼 소식을 알게라도 되면 그저 입이나 헤 벌리고 말 뿐이지만.

우린 종종 생의 여정을 사막을 걷는 것에 비유하곤 한다. 반복되는 일상에 아무런 흥미를 느끼지 못할 때, 인생은 갑자기 척박한 황무지처럼 느껴지고 만다. 어제와 다르지 않은 오늘, 오늘과 다를 바 없을 내일이 이어질 때 우리의 상상력은 그 찬연한 빛을 잃고 만다. 변화 없는 일상. 상상의 세계와 단절된 생활 속에선 창조적인 무엇을 기대하긴 어렵다. 그래서 인생엔 쉼터가 필요하다. 자신의 사막에 오아시스 하나쯤은 숨겨봄 직하다. 단조로운 선율에 파격을 주듯 말이다.

뒤마A. Dumas의 「몽테크리스토 백작」엔, 주인공인 에드몽 당테스가 이프 섬의 감옥에서 새롭게 태어나는 과정이 잘 묘사되어 있다. 그곳에 갇히면 그것으로 끝이라는 비극적인 통념. 그가 좌절하지 않고 그 상식을 뛰어넘을 수 있었던 건, 단조로운 일상에서 무언가 새로운 일을 꾸준히 찾아냈기 때문이었다. 옆방의 죄수였던 파리아 신부와의 우연한 만남은 그 '변화'의 시작이요, 감옥 속의 오아시스였을 것이다.

작년 봄, 난 밤까지 계속되는 근무가 너무도 힘들어 '윌'이라도 마셔보고 싶었다. 그렇지 않으면 생활이 무미건조할 것 같아서. 한 달이 지나 '메치니코프'로 바꾸어 마셨다. 마시던 윌. 그게 너무 지루해져서. 아주머니가 물어보셨다. 무슨 맛을 넣어드릴까. 대답은 그냥 아무거나 넣어주세요. 오늘은 무슨 맛을 주실지 상상하는 것도 재밌잖아요.

하루는 그날 점심 약속이 너무도 기다려져서 팀에서 가장 먼저 일어섰다.

"그럼, 식사 하고 오겠습니다."

모두가 날 쳐다보고 있었다. 내가 사무실 문 앞에 다가섰을 때,

"저, 근데 말이지. 지금 10시 45분이야."

그날, 나의 하루는 참 즐거웠다. 망신당하긴 했어도.

최근 지구온난화가 진행되면서 푸른 숲은 사라지고 사막의 면적이 늘어난다고 들었다. 늘어나는 게 어찌 지표의 사막뿐이겠는가. 우리 마음속 황무지, 그건 어찌하고. 음악엔 도돌이표가 있지만 되짚어 연주하는 마디를 똑같은 느낌으로 표현하는 음악가는 단 한 사람도 없다. 같은 정물을 캔버스에 그려내도 하루 중 언제 그렸느냐에 따라 빛이 주는 인상은 전혀 다르게 마련이다. 우리의 나날에도 그런 '변화'가 필요하다.

영어 속담에 "All work and no play makes Jack a dull boy"라는 말이 있다. 그럴 것 같다. 훌륭한 웅변가는 연설의 강조점을 찍기 직전, 살짝 쉬어준다고 한다. 삶에서 적절한 쉼표는 한국화의 여백처럼 글의 행간처럼 음과 음 사이의 침묵처럼, 우리네 생에 텅 빈 풍만함을 선사한다. 마치 오아시스처럼.

어느 날 갑자기, 스스로 쳇바퀴 돌리는 다람쥐 신세란 착각이 들 때면 오아시스의 신기루가 보인다. 저 옛날 비단길을 횡단했던 캐러밴에게 그러했듯, 인생길도 좀 걷자면 맑은 물 샘솟는 오아시스가 꼭 있어야 한다.

그나저나 내 일터의 오아시스에도 멋진 그녀들이 좀 쉬어 갔으면 좋겠다.

제8장

가면무도회

여의도 서정抒情

흘러가는 그리움_ 한강

　한강은 수만 년의 세월을 잇고 이어 느릿느릿 유유히 흘러간다. 시원始原에서 달려왔을 물길이 다소곳이 고개를 숙이고 찬찬히 강바닥을 훑으며 지나는 이곳. 바로 여기가 섬 아닌 섬, 여의도다.

　강은 아름답다. 흘러가기에 아름답다. 강을 보면 흘러가는 모든 것을 긍정할 수 있다. 잠시 내 손에 쥐어졌다 날아간 모든 것을. 순간과 그 순간들이 모여 이룬 세월, 사랑과 미움 그리고 이젠 그 어느 쪽도 아닐 아무렇지도 않은 감정, 가끔씩 찾아왔던 기회란 이름의 위기와 위기로 불렸던 진정한 기회, 그리고 이제는 일일이 기억할 수도 없는 모든 것마저 너그럽게 인정하는 내가 된다.

우리가 평소 알고 있던 강. 그건 그저 '흐름'의 다른 이름이었을 뿐. 강가에 서면 흐름과 다른 '흘러감'의 뉘앙스를 깨닫게 된다. 그 차이는 단지 '달림'과 '달리고 있음'의 문제, 현재와 현재진행 사이의 문제가 아니다. 문득 달력을 보며 가을임을 확인하는 것과 초야初夜의 귀뚜라미 소리에 가을이 왔음을 새삼 느끼는 것의 차이, 그래 꼭 그만큼일 것이다. 무관심 속에서도 한강은 여전히 흐르지만, 흘러감은 오직 관심 속에서만 가능하다. 아침저녁으로 마포대교를 건너던 때의 한강은 그저 흐름이지만, 어쩌다 친구와 맥주 한 캔 들고 찾은 한강은 내 눈에 '흘러가는 강'이 되었다.

인위적 무위無爲_ 여의도공원

여의도. 아주 먼 옛날 하도河道가 이룬 뜻밖의 벌판에 개발開發의 이름으로 둘러친 섬둑 안으로 너도나도 지어올린 수많은 빌딩들이 숲을 이룬 이곳. 그 인위의 흔적이 아픈 강은, 이제는 제법 거센 비바람이 몰려와도 둑과 둑 사이에서 용울음을 터뜨릴 뿐 좀체 그 너머로 범람하지 못한다.

그렇게 일궈낸 삶의 터전 속에 인간은 여의도공원이란 자연의 터전을 만들어줬다. 인위 속의 무위. 인간이 자연에 공간을 허락한다는 발상. 이건 분명 뭔가 거꾸로 된 것이지만,

어쨌든 우리는 이런 걸 문명이라 부르고, 나는 그걸 '인위적 무위'라 이른다.

이 무위의 공간에 찾아왔던 작년 그 가을이 돌아왔다. 초저녁 퇴근길. 한참 농구시합에 열심인 사내아이들 사이로, 인라인 스케이팅을 가르치는 아빠와 사이좋은 어린 딸, 강아지와 산책나온 마음씨 좋아보이던 여인 사이로 불었던 스산한 가을바람은 한 폭 풍경이었다. 야근을 마치고. 운동 좀 한답시고 끊임이라곤 없는 자전거도로를 따라 한껏 달음박질치다 가쁜 숨이 버거우면, 헉헉거리며 콘크리트 바닥에 주저앉아 그렇게 한참을…. 심장 소리가 귀에서 멀어질 즈음 풀숲 여기저기서 또렷이 들리던 밤벌레 우는 소리에 비로소 가을이 왔음을 느꼈던, 그 가을이 왔다.

그런 가을밤이 기억나는 건, 서늘함과 홀가분함이 있어서다. 인위와는 거리가 멀어보였던 사람들의 자연스러운 삶한 토막. 그걸 바라보는 일은 밖에서 안을 들여다볼 때의 밀密이 아닌 창을 통해 밖을 보는 현顯의 편에 더 가까웠다. 서로가 서로를 바라보지만 결코 서로를 관찰하지 않음은, 여의도공원이 인위적 무위의 공간이었기에 가능했으리라. 살짝 비껴서 각자의 삶을 외면한 채 각자의 가을밤을 누리는 자유가 좋아, 그 밤 피곤한 몸을 이끌고 그리 뛰어다녔다. 함께라도 혼자 있는 것 같은 기분, 그게 이 공원이 준 매력 아니었을까.

도심 속의 낙엽_ 행변풍경行邊風景

늦가을로 접어들 무렵, 은행 앞에는 바싹 마른 낙엽들이 아무렇게나 나뒹군다. 낙엽은 가을의 시심을 자극한다. 그러나 도심에는 가을을 느낄 만한 게 그리 많지 않다. 이곳에는 운무雲霧 대신 스모그가 있고, 흙길 대신 포도鋪道가 있으며, 별빛 대신 가로등이 있기 때문이다. 하여 도심에선 행인의 긴 소매와 낙엽이 가을의 깊이를 재는 척도가 된다.

낙엽은 쓸쓸하다. 어느 수필가의 말처럼 그 외로움이 그러하고 나그네 발길에 아무렇게나 짓밟히는 그 대수롭잖음이 또한 그러하다. 일에 파묻혀 하루를 보내는 직장인들에게 일각一角이란 바람에 떨어지는 낙엽처럼, 그렇게 지나가고 또 그렇게 잊히는 것이기도 하다.

은행 앞에서 아침마다 트럭을 세우고 샌드위치를 파는 아저씨, 거리에서 촌각을 다투며 전단지를 낙엽처럼 뿌려대는 영업사원들, 그리고 테이크아웃 커피점에서 부지런히 라떼를 섞는 아주머니의 바쁜 손길이 짓는 표정 속에 여의도의 하루는 시작된다. 그렇게 변함없는 그분들의 매일 아니 가을은, 수북이 쌓이는 낙엽을 따라 깊을 대로 깊어간다.

　도심은 인위의 공간. 자연의 손길이 잘 드러나지 않을 것 같은 이곳에도 가을빛은 햇살처럼 내린다. 울긋불긋한 낙엽은 이불처럼 거리를 덮는다. 시간이 쌓이며, 변하지 않아보이던 행변의 풍경도 결국 변하고 만다. 계절이 돌면 그리움도 돈다.

밥그릇

아, 드디어 집이다. 늦은 밤, 곤죽이 되어 택시에서 내렸다. 오늘도 하루라는 숙제를 마쳤다. 불 꺼진 아파트의 창들, 새벽의 도시는 어쩜 이렇게 천연덕스럽게 잠들어 있을까.

하수구로 흘러드는 물줄기에 도둑고양이 한 마리가 고개를 늘어뜨리고 있다. 홀짝홀짝 물을 마시며 사람 눈치를 살피는 그 가여운 목선이 아릿하다. 손목에 찬 시계를 본다. 정오에 멈춰 있다. 내가 어금니로 음식을 으깨어 먹기 바빴던 그 시간, 이 녀석은 소리도 없이 죽었던 거다. 그놈의 밥이 없어서.

더운 물에 몸을 씻고 자리에 누운 지 몇 시간 되지도 않았는데, 아침잠을 깨우는 문자메시지가 날아왔다. 맞다, 오늘이 월급날이었지. 잠결에 실눈을 뜨고 액수를 확인한다. 참

고마운 일이다. 때 되면 꼬박꼬박 통장에 밥을 넣어주니. 덕분에 난, 내 시계처럼 굶지 않아도 되었으니 말이다.

사무실은 밥그릇들이 모여 숨쉬는 곳이다. 실적에 목을 매는 밥그릇, 어제의 말이 오늘과 전혀 다른 줏대 없는 밥그릇, 늘 좋고 싫음이 애매한 그저 그런 밥그릇, 최선을 다하지만 센스가 부족해 비웃음을 사는 밥그릇, 자기 밥도 못 챙겨 먹는 못난 밥그릇, 그러다 저희들끼리 부딪혀 깨지기도 하는 이곳에선, 새카맣게 속이 타들어가도 얼굴에 웃음 하나쯤 잘도 붙이고 산다.

밥그릇들이 직장에서 겪는 굴욕은 생존의 당위성 앞에서 무력해지곤 한다. 밥그릇들은 서로 대신해줄 수 없다. 함께 힘을 모아 직장이란 커다란 솥에 밥을 지으면, 제각기 개미처럼 달라붙어 자기 밥그릇에 밥을 담아가기 바쁘다. 그렇게 어렵게 구해온 걸 온 식구가 둘러앉아 각자의 목구멍 속에 열심히 투입하는 게, 삶이다. 그 밥을 먹고 누룽지까지 샅샅이 긁은 뒤, 깨끗이 설거지를 마치고 나면 밥그릇들은 다시 일터로 나가 밥을 구할 것이다. 처음에는 밥을 구하기 위해 저마다 거리로 나섰지만, 결국 밥벌이를 위해 밥을 먹는다.

밥그릇은 '선'도 '악'도 아니다. 그러나 인간의 허영심은 남의 밥그릇까지도 자신의 밥그릇에 편입시키려 한다. 숱한 밥그릇들이 모인 이 사회에서 크고 튼튼한 밥그릇은, 작고 깨지기 쉬운 밥그릇들을 품고 위세를 떨친다. 이쯤 되면 밥그릇은 권력이 된다.

어떤 방법으로 그리 거대하고 견고한 밥그릇이 되었는지는 모르겠지만, 먹고사는 데 별 지장이 없는 이 밥그릇 중에는 스스로 만든 질서와 규율에 맞서는 작은 밥그릇을 '악'으로 규정하는 옹졸한 그릇들도 있었다. 밥벌이를 위해 자신의 밥그릇에 교묘히 남의 밥을 담고, 그 밥을 선심인 양 생색내며 되돌려주는 이 시대의 위선자들. 자신의 잘못을 적당히 눈감아주는 조그마한 밥그릇들에겐 제법 밥도 고봉高捧으로 담아주는 넉넉함으로, 그들은 이 대도시의 철밥통이 되었다.

떳떳이 살고 싶으면 내 밥그릇 하나쯤 포기할 용기도 있어야 하건만, 굶주림과 따돌림. 그 두려움 앞에서, 나의 소신은 그저 허울일 뿐이었다. 제 밥벌이를 위해 '허명虛名'을 미끼로 자신의 밥그릇에 남의 몫을 담는 이들이 넘치는 이 사회에서는, 아예 내 밥그릇 따윈 없는 게 더 나을지도 몰랐다.

형과 내가, 각자의 작은 밥그릇에 쌀을 담아오면 어머니는 밥을 지어주신다. 아침식사는 꼭 하고 가라는 어머니. 이른 아침, 우리 집 안팎에 풍기는 고소한 냄새가 참 좋다. 잡곡에 콩을 섞어지은 밥이 키를 세우면, 어머니는 밥솥의 쌀과 잡곡을 소담히 퍼 아침상에 올린다. 집에서 아침 한 끼만 먹는 날이 많은 평일엔 생선에 고기반찬까지, 찬饌이 족히 열 가지는 넘는다. 그 옆에 가지런히 놓인 어머니의 수저. 아마도 어머니는 우리가 출근한 뒤, 우리가 남긴 헌밥을 드실 것이다. 그렇게라도 먹을 걸 좀 아껴두어야 우리가 밖에서 조금이나마 떳떳할 수 있을 것이라며.

오늘 퇴근길에도 그 도둑고양이를 보았다. 이번에는 쓰레기더미 위에 올라타서 무언가를 열심히 뒤적이고 있었다. 저 녀석은 그렇게 제 밥그릇에 밥을 채운다, 눈치를 살피며. 작은 밥그릇의 비애, 아니 나의 비애다.

형제兄弟

'빼빼로'가 나왔다는 소문이 온 동네에 퍼졌다. 가자, 형은 내 손을 잡고 달렸다. 골목에는 이미 빼빼로를 손에 든 아이들이 둥그렇게 모여 웅성거리고 있었다.

우리는 이야기를 엿듣는 시늉을 하며 그 동그라미를 맴돌았다.

한참이 지났지만 누구 하나 눈길을 주지 않았다. 묘한 저항감이 조밀하게 형성되어, 날카롭게 우리를 겨누고 있었다. 우리가 비집고 들어갈 틈은 도무지 보이지 않았다.

이윽고 대장이 입을 열었다.

"야! 너네 뭐야?"

"우리도 과자 하나만 줘."

형이 두 손을 포개어 바가지처럼 만들었다.

아이들이 웅성댔다.

"쟤들 뭐야? 재수 없어."

그러자 대장은 한 손을 천천히 들면서 순식간에 주변을 조용히 시켰다. 저런 대장의 몸짓은 늘 멋있게 보였다.

"야, 니가 뭔데?"

"하나만…. 먹고 싶어."

"꺼져! 이게 얼마짜린 줄 알아?"

보다 못해 나도 거들었다.

"우리도 줘어."

"뭐? 이 쬐그만 자식들이."

순간 침묵이 흘렀다. 모두 긴장했다.

"…."

"좋다. 하나만 주지. 대신, 너만 먹어."

난 너무 좋아 입에 함박웃음을 머금곤 어쩔 줄 몰라 했다. 곁에 있던 형이 갑자기 내 손을 놓더니, 대담하게 말을 이었다.

"나도 줘!"

"싫어, 넌 안 돼."

"왜 안 되는데?"

"그냥 넌 안 돼."

예상치 못했던 일이었다. 형이 대장과 사이가 좋지 않았지만, 나는 형과 늘 같은 편이었다. 모두 내 입만 바라보고 있었다. 오직 한 사람, 형만 빼고.

잠시 머뭇거리던 나는 그만 그 과자를 입에 넣고 말았다. 그제야 형은 시무룩한 표정으로 오물거리는 내 작은 입을 지켜보았다. 난 그렇게 형을 두고 원 안의 대열에 합류해버렸다. 어쩌면 형은 나라도 먹어 다행이라고 생각했을지는 몰랐다.

순간 어머니에게 손목을 꽉 잡혔다. 우리 둘은 동네에서 가장 큰 가게로 끌려갔다. 여기들 있어라, 가게 안으로 사라진 어머니는 잠시 뒤 빼빼로를 한 통씩 사서 우리 손에 쥐어 주셨다.

어둡던 형의 표정은 순식간에 해맑게 변했다. 우물우물. 너무도 좋았나보다. 날 보고 연신,

"종화야, 마딛지? 마딛지?"를 되풀이했다.

"엄마, 엄마! 되게 마딛어요."

늘 '맛있다'를 '마딛다'로만 발음하던 형이었다.

우리는 빼빼로를 들고, 일부러 그 동그라미 앞을 지나 집으로 갔다. 손을 꼬옥 잡고.

고소공포증

산을 오르며 두려움은 없었다. 목표가 있기에 오르고 또 올랐건만 오를 땐 그 높이를 몰랐다. 그저 오르는 일, 그 상승의 욕구에만 충실했을 뿐이었다. 애써 된비알을 오른 대가는 만족보다는 공포였다. 이제 그 값을 톡톡히 치르는 셈. 바위 위에 위태롭게 의지한 나의 육신은 아슬아슬한 천 길 낭떠러지를 응시하며 바들거린다.

생각해보니 '63빌딩'을 오를 때도 그랬다. 저기 오르면 세상이 내 것일 것만 같았다. 그러나 서울의 빌딩숲, 그 현대판 바벨탑들을 발 아래 두기 위한 여정은 우습게도 새의 흉내만 낸 꼴이 되었다. 정상에 올랐다는 만족감. 그러나 또다시 밀려오는 허무감. 전날의 씁쓸한 뒷맛이 아직 개운치 않건만 오늘 산을 오르며 그 유령 같은 욕구에 다시 사로잡히고 말았다.

우리는 항상 오르고 싶은 것 같다. 가난할 땐 넉넉하기만 하면 그만이라 여기지만, 돈 좀 모이고 나면 더 큰 부자가 되려 한다. 말단일 땐 첫 승진만을 손꼽아 기다리지만, 정작 원했던 자리에 오르면 더 높은 자리를 탐내곤 한다. 대의大義를 이루겠다며 개혁의 선봉에 선 이는 권력을 잡고 오직 그것을 유지하기 위해 안달한다. 그렇게 우리의 시선은 가진 것보다는 갖지 못한 것에, 아래보다는 위를 향하게 마련이다.

그러는 사이 제 욕심 하나 채우기 위해, 편법으로 재산을 모으기도 하고, 동료를 밟더라도 높은 자리를 취하려 하고, 약자를 억누르면서 구차한 권력을 보존하고자 한다. 오를 때와 올랐을 때. 그 마음이 이리도 다르기에, 우린 맘 졸이며 기원하던 어제를 잊고 감사보단 아쉬움이 앞서는 오늘을 살게 마련이다. 초심初心을 잃은 채, 남의 떡이 커보이는 건 예사요, 사촌이 산 논을 볼 땐 소화에 좋다는 백약百藥이 무효다.

그래도 오르는 행위를 탓할 수는 없다. 괴테는 인간의 위대함을, 끊임없는 상승의 욕구에서 찾았다. 운명이란 본디리듬을 타듯 오르내림을 반복하는데, 그 부침浮沈 속에서 인간은 방황하게 마련이고, 그리 떠돌던 마음은 때로 큰 죄를 짓기도 한다. 그러나 그것이 선善을 향한 긴 여정에서 생긴

일탈逸脫에 불과했다면, 인간은 악의 충동 속에서도 스스로를 굳건히 지킨 갸륵한 존재가 된다. 사람이 그리할 수 있는 건, 그들이 지닌 끊임없는 상승의 욕구 때문이요, 괴테의 신은 그런 인간을 어여삐 여기는 것이었다.

그렇기에 악마에게 자신의 영혼을 팔아 젊음을 얻었던 파우스트도 종국엔 구원을 받지 않았던가. 그의 악행은 실로 패륜이었다. 순결한 여인 그레첸을 유혹해 사생아를 낳게 한 죄, 자신의 사랑을 훼방한 그녀의 가족들을 모두 죽인 죄, 결국엔 사랑하는 그레첸마저 죽음으로 내몬 비정함. 그런 그가 이 모든 패악悖惡을 씻고 하늘나라의 부름을 받는다. 악마조차 이해하지 못한 그의 천국행은 상승이 비록 죄인을 만들어냈지만 궁극의 구원으로 인간을 이끌었음을 암시한다.

우리도 파우스트처럼 오르고 싶어한다. 그러나 그의 가치는 선에 있었다. 결코 금전이나 자리, 혹은 무소불위無所不爲의 권력에 있지 않았다. 파우스트 역시 우리처럼 오르고 또 올랐지만, 그의 높음은 우리가 지닌 만인지상萬人之上의 꿈과는 다른 것이었다. 남들이 오르니 나도 힘껏 올라야 하는 각박한 현실 속에서, 타인보다 높기 위한 우리네의 여정은 많은 이를 발 아래 두어야 의미가 있게 마련이다. 그렇기에 얻으면 잃을 것이 두렵고 날면 떨어질까 노심초사勞心焦思하며 아래만 보면 머리가 어지러운 것이리라. 그렇게 현대인은 고소공포증에 시달리며 매일을 산다.

몹쓸 병에 걸린 환자가 그 병을 외면하듯, 고소공포증에 시달리는 현대인은 짐짓 아래를 보지 않는다. 그곳까지 올라온 자신이 대견하기보다는 아직도 까마득하게 남은 상승의 여정으로 불만스러울 따름이다. 그렇게 우리의 생활은 상승 속의 침전을 거듭하고 만다.

상승의 욕구. 난 그것을 탓하고 싶지 않다. 다만 달이 차면 기울듯 올라가면 반드시 내려올 때가 있으며, 시작이 있으면 그 맺음이 있어 만남의 기쁨 끝에는 별리別離의 슬픔이 기다리면서도, 추운 겨울이 길면 봄의 문턱도 머지않음이 자연의 순리요 생의 등마루임을 받아들일 수 있으면 좋겠다. 올라가서 불안에 떨기보다는, 차라리 스스로 낮은 곳으로 임하는 건 어떨까. 버리면 오히려 얻을 수 있다는 역설적인 진리가, 내리막길을 걸으면서도 하늘로 오를 수 있다는 깨달음으로 이어진다면, 이는 지나친 비약일 텐가.

가면무도회

　선율에 몸을 맡겼다. 그리고 연주가 끝났다. 난 춤을 추고 있었다. 가면을 쓰고. 그 사실을 까맣게 잊고 있었다. 그러고보니 상대의 가면에도 관심이 없었다. '에잇, 가면 속 얼굴을 알게 뭐람.' 새 연주가 시작되기 전에 어서 새 짝을 찾아야 한다. 이번에는 어떤 가면과 어울려볼까. 아니지. 그 전에 다른 가면을 써봐야겠다. 분위기를 바꿔봐야겠다.

　사람은 겹겹이 가면을 쓰고 산다. 그래서 어울림은 가면무도회 같다. 진실이 거짓이 되고, 거짓의 거짓은 진실처럼 보인다. 알고 싶어도 알고 싶지 않은 척, 말하고 싶지만 관심 없는 척, 칭찬할 만한 일이지만 남의 업적은 대수롭지 않은 척, 신경은 쓰이지만 그렇지 않은 척, 해주기 싫지만 타이밍을 잡지 못해 하지 않은 척, 곤란하면서도 태연한 척, 그러면

안 되는 줄 알지만 대범해서 그런 건 신경조차 아니 쓰는 척, 그러다 더 이상 물러설 곳이 없으면 모르쇠로 돌변하는, 이 세상은 그런 가면들이 사는 곳이다.

가끔은 귀여운 가면도 있다. 좋아하지만 안 그런 척, 일부러 왔으면서 우연히 만난 척, 깜짝 파티를 준비했으면서 오늘이 그날이었냐는 재미있는 가면들. 그런가하면 용기 있는 가면도 있다. 숨고 싶지만 앞으로 나서고, 부끄럽지만 깨끗하게 시인하고, 곤란하지만 맺음이 분명해 상대에게 불필요한 기대를 심어주지 않는 가면들. 반상盤床에서 포커페이스가 되는 돌부처, 연막으로 승리를 쟁취하는 지혜, 잘난 체를 하지 않아도 스스로 빛나는 별, 가슴이 무너져도 그 마음을 다스릴 줄 아는 내공 깊은 이들은, 가면무도회를 멋진 빛의 행렬로 바꾼다.

가면들이 사는 세상에서 가면 없이 사는 건 위험천만한 일이다. 아니, 어리석은 일이다. 게임의 규칙만 지켜준다면, 가면은 날 보호하기 위한 탈이다. 아니, 목표가 된다. 소싯적부터 '큰 바위 얼굴'을 바라보며 자란 아이가 마침내 그 숭엄崇嚴한 얼굴을 닮아갔다는 호손의 이야기처럼, 언젠가는 내가 썼던 가면이 미래의 내 얼굴일 수도 있을 테니까. 기왕써야 하는 가면이라면, 그런 가면을 쓰고 싶다. 내 잘못을 감추기 위한 가면, 순간을 모면謀免하기 위한 가면을 쓰지는 말아야겠다. 부끄럽더라도 태연한, 곤란하지만 소신을 지키기 위해 겉으로는 아무렇지 않게 보이기 위한 가면을 쓰고 싶다. 그리고 만나는 가면들도 그랬으면 좋겠다. 언제나 바람일 뿐이지만.

가면을 쓰는 것은 자신의 의도를, 그 복잡한 감정을 감추고 싶을 때뿐이다. 선악과를 먹은 아담과 이브. 그들의 후예인 우린 항상 감추고 싶은 것 같다. 가면과 가면이 만나면, 우린 거울을 보는 것이다. 수많은 거울에 비친 부끄러운 자화상 앞에, 아무렇지도 않게 손을 내밀고 춤을 청하는 우리는 과연 누구일까. 이따금씩 가면을 벗은 용사들에게 뜨거운 박수를 보내는 건, 과연 그들의 용기를 진정으로 존경해서일까. 아니면, 우리 대신 그런 일을 해준 것에 대한 감사의 표시일까. 걱정이 앞선다. 마음이 조마조마하다. 솔직해서 매를 번 이들. 그들의 맨얼굴에 쏟아진 세상의 비난을 수없이 보았기 때문이다.

다시 무도회가 시작되는 모양이다. 가면을 벗고 싶지만, 벗을 수가 없다. 단지, 닮고 싶은 가면을 고를 뿐이다.

다시 무도회가 시작되는 모양이다

뿌듯하다. 이 책이 나오기까지 응원해주신
모든 분께 감사한다.

스물일곱 살, 내가 바라본 세상은 '가면무도회'였다.
그 후 십 년도 더 지난 지금, 세상은 어떻게 변했을까.
나는 어디로 향하고 있는 것일까.

부대끼면서 직장 생활을 했지만
이룬 일이 별로 없다.

발전이 있었다면
'구름옷'을 입은 내 모습을 상상해보기 시작했다는 것.

바르게 산다는 것에 대해 생각해보기 시작했다.

허명과 허욕에서 벗어나
신념을 가지고 살아가는
구름옷 입은 지성인의 모습을 꿈꾸어본다.

내일 아침이면
나는 다시 세상의 물결 속으로 뛰어들 것이다.
형태가 다른 가면무도회가 내 앞에 펼쳐질 것이다.
십 년 전보다 가면의 종류는 더 다양해졌다.

"다시 무도회가 시작되는 모양이다."

이종화 수필집
구름옷

지은이_ 이종화
펴낸이_ 조현석
펴낸곳_ 북인
디자인_ 푸른영토

1판 1쇄_ 2022년 12월 22일
출판등록번호_ 313 - 2004 - 000111
주소_ 121 - 842 서울 마포구 서교동 460 - 34, 501호
전화_ 02 - 323 - 7767
팩스_ 02 - 323 - 7845

ISBN 979-11-6512-069-6   03810
ⓒ이종화, 2022

**이 도서는 2022년도 한국문화예술위원회
아르코문학창작기금 (발간지원) 사업에 선정되어 발간되었습니다.**